明日も、たぶん元気

松原 喜久子

ゆいぽおと

明日も、たぶん元気

裕原喜久子

明日も、たぶん元気　もくじ

花待ちの日々

老いの事始め　8
ことばの魅力　11
桜色の帯締　14
ひな　17
花待ちの日々　20
あの日のお正月　24
「わたくし、ときめきました」　27

お隣の席

花火はありますか　32
わたくし、ガンダムです　35
学校のチャイム　38
卵が落ちました　40
十二月　44
新年の空へ　46
大根下ろします　47
おにぎり　52
老紳士　54
深呼吸いたします　57
バイバーイ　59
夏休みとりましょうか　62
桐箱入り線香花火　65
お隣の席　67
老いの家事　70

夏休み恋し

消し炭　74

年賀状を書きながら　76
一月十五日　78
しりとり遊び　81
お茶一服　85
白い包帯　87
鯉のぼりの似合う場所　90
手をつなぎましょう　92
夏休み恋し　95
私、ローソクでしょうか　98
ときの重なり　101
ハイヒールの旅　103
観覧車　106
迎える年への楽しみ　109
新年の日記帖　111

私の少年の日

春の気配の中で　116
手書き　118
名人でございます　121
騒動　124
手抜き家電　127
私の少年の日　129
暑いでしょ　132
地下鉄の中で　134
着物の効用　137
ハードルを低くして　140
老いざかりの年　143
ささやかな目標　146
蕗の薹　148
ブランコ　151
ランドセル　153

夢を見る

母の着物を解く　158
叶わぬ思い　160
ことばづかい　162
暑い夏　166
できません、できました　168
名前考　171
おいなりさん　174
年用意　176
ままごといたします　179
私はサマンサ？　182
雛の日に　184
夢を見る　186
時刻表好き　189
お見事　192
思い出はほろ苦く　195

母のカップケーキ

家の味の伝承　200
おへぎ　203
母のカップケーキ　207
こんにちは、季節の器　211
わが家のおしながき　215
子どもの食事の背景　218
目分量の味　222

怪獣ドーナツ

米櫃の記憶　228
ぜいたくの裏側　231
怪獣ドーナツ　235
家の味　238
失ったもの　242
絶滅危惧種でしょうか　246

日々乞うご期待 250
台所からの匂い 253

サトウキビの甘さ

「わけあり」ということば 258
偏食願望になりました 262
食べ物への行列 266
するめの思い出 269
主導権はわたくしに 273
わが家の「あのおだし」 277
サトウキビの甘さ 280
私の食 284
好物ベスト3 287

あとがき 292

装画・挿画　大島國康
装丁　小寺剛（リンドバーグ）

花待ちの日々

老いの事始め

老いの事始めは、思うより楽である。

何か新しいことを始めようと思うとき、若い日であったら、自分を納得させる動機づけと、将来への見通しを考えなければならなかった。今は、遠い将来の結果など考えなくてもよいから、「楽しそう」と思うだけで十分である。

私にとっての俳句との出会いがそうである。

国語の教師をしていたことや、児童文学に関ってきたことで、ことばには馴染んでいた。短歌まがい、俳句まがいのことばを日記に添えることもあったけれど、俳句仲間に加わることは、思ってもいなかった展開である。

「いかがですか」

のお誘いに、まるで潮がそちらに流れるように、

「では」

と仲間入りを許されて、周囲は、

「まあ、まあ」

と驚きの様子である。いちばん驚いているのは当の私である。

聞き知った方はみな、

「えらいですね、今から新しいことを始められるとは」

と言ってくださる。

同じことばを何度も聞くうちに、肩の力が抜けてくる。だんだん気持ちが軽くなる。

それは、子どもが何かをした折りに、

「よくやったわね、えらいえらい」

と頭を撫でられるようなものと気付いた。

周囲も自分もたいした期待はしていない。上達しなくてはと、力む必要もない。

参考書の一冊でしかなかった歳時記を、本棚の隙から取り出して埃を払い、にわか勉強で指を折る。

これまでも、小さな庭で草恋い花恋いの暮らしをしてきたけれど、句を意識すると、同じことがみな鮮やかになる。全体として見えていたものの、ひとつひとつの輪郭がはっきりすると言えば近いかもしれない。

同時に、歳時記の中のことばが、文字の羅列から立ち上がってくるように感じられる。

長い俳句年月を持ったお仲間は、みな新参者へ余裕の労りで迎えてくださった。日本語の乱れ、美しいことばが死語となることなどを嘆いていたが、この世界は、それらがみな現役である。それが何より嬉しい。新しいものにはとびつかない性格で、手作り廃物利用の祖母ゆずりの暮らしを続けてきた。スローライフとかエコ生活とか言われるようになったが、それらの指南書を見ると、みなわが暮らしそのものである。

車の運転はできないし、電話より手紙。ティッシュは勿体なくてお手ふき。古タオルは刺し子の雑巾。古着も小さく刻んで汚れを清める使い捨てに。自ら求めては、旬のものしか食卓にはのせない。煮干しでだしを取る朝食、必要なだけ削るおかか。残り野菜はぬか床へ。

スローライフなどとことさら言わずとも、みな俳句の世界では現役で通る。

「そうだったのね、私の暮らしは俳句を楽しむためだったのね」

老いの事始めは、都合のよい解釈で楽しく始まった。

長く暮らした体験がみな糧となることを、お仲間は句を通して見せてくださる。老いの楽しみ、またひとつ増やして、よき時を得ている。

（「笠寺」二〇〇四年九月号）

ことばの魅力

万難を排して、この日だけはと確保したいのが句会の日です。まだ仲間入りも浅い新米ですが、吟行の日を楽しみに待ちます。

新米ですから、その日が近くなると、歳時記、季寄せを枕元まで持ちこんで、季節のことばの中に浸ります。普段はどこかへ置き忘れているような季をめぐることばが、ふわふわと身辺に立ちのぼります。そして、大空へも野にも、川のほとりにも山の見える所へも誘ってくれます。

芽吹いた緑の中に揺れる色彩。そこに姿を見せたり潜んだりしている生きとし生きるもの。ときどきに吹く風の音、気配、天候の移り、季節毎の人の生業、先人の忌日、自分を取り巻く空気が幾重にも膨らむのを感じます。その中から好みのことばを拾い上げて、二、三句予習をすることもありましたが、いざ吟行となって実景の中に身を置くと、それらは一気に鮮度を失います。その場で目にするもの、感じること、語りかけられるものを、急いで捉えます。私の句は、そんな見たままをつなぎとめるので、奥行きにも面白みにも欠けますが、楽しいひとときです。

同じ場所、同じ空気を共有したお仲間の句は、景の切り取り方、心への響かせ方それぞれで、私に見えなかったもの、気づかなかったことを示されます。楽しさが倍増します。

私は最近、ことばをたくさん持っていることが、見えるもの、感じることを多くすると思うようになりました。ことばを知らなかったら知り得ないことや、すくい取れない気持ちがあると。平面で見えていた景色が、三次元に動きを伴って伝わる、といったら近いでしょうか。

芽吹き、繁りはじめた木々も、若楓、新樹、新緑、若葉、柿若葉、樫若葉、椎若葉、樟若葉とことばを選ぶことで、少しずつ姿を変えて感じられます。

実景として目にするものは同じでも、そこから自分の内に取り込むときには、ことばの力を借りています。ことばを持っていないために、見落としてしまったり、感じる機会を逃しているとすれば残念なことです。

美しさや素晴らしさを残すには、写真や絵画、映像とたくさんの手段がありますけれど、心の奥深くまで入りこめるのは、ことばでしょう。深くて、広くて、多岐に渡っていて、世界を大きくしてくれるように思います。

「そこまで見えたのですね」

「そんな風に感じたのですね」

句会の度に、仲間の方々のことばや表現に、自分の見えなかったことを見せられ、見落としていたものを教えられる喜び。

もっとたくさんのことばを持っていたら、今以上のことごとが見えてくるのではないか、という思いが日々強くなってきました。

私はこの先もことばを増やしていけるでしょうか。生涯いくつのことばを持てるのでしょうか。

ことばを持つことで、見えるもの、解ることが多くなると思うのは、楽しみの広がることです。


（「笠寺」二〇〇六年七月号）

桜色の帯締

「こちら、こちら」

東京のホテルのロビーで手招きをしてくださったのは、六十六年前の恩師である。半世紀を超えて再会を果たし、また十年を経て二度目の再会を叶えた。はや、どちらが師か生徒かも知れぬ老婆ふたりであったが、時の流れを一気に遡って、

「○○子さん！」

「先生」

と過ぎた時間を埋める話は尽きなかった。

担任をしていただいたのは昭和二十年、国民学校初等科一年に入学して終戦までの三か月である。今は幻の国となった植民地満州でのこと。駅に通じる街の中で暮らしていたので、終戦の日までは国内より恵まれていたと思う。その分戦争に敗けた日からの立場の逆転は悲惨であった。息をひそめる暮らしは、子ども心にも明日はあるかと思い、学校がなくなったことなど、親も子どもも忘れて暮らした。引き揚げの日までの一年の間には暴動にも巻きこまれて、若

い担任の先生はその折り命を落とされたと噂に聞いていた。

長い時が流れ、私は教師になり児童文学の書き手になった。遠い日の体験は私の原点である。作品の下敷きにした折り、忘れ得ぬ人々にも触れ、件《くだん》の先生の死の噂も鎮魂の気持ちで実名で書いた。作品の中の一行に目を止めてくださる方があるとは思いもしないで。

書店に本が並んで間もなく、読者の男性が、

「あなたの満州での学校は○○小学校ではありませんか。あの△△先生はご存命で、学校には同窓会もありますよ」

と、人を巡り巡って知らせてくださった。私は書き手冥利につき、事実は作品を超えていた。兄も姉もいない私は、三か月だけ通った学校に帰国後同窓会が存在していたことなど知る由もなかった。その後、同窓生の末席に加えていただき、招かれて恩師との再会を果たすことができた。

「あなたは背が高いおかっぱ頭で、窓際の席でした。よく無事で……」

涙とともに半世紀を超える時間を埋めあった。四月生まれの私は、入学当時は背が高かったのかもしれない。それ以降、お年賀、折り折りの便りはつながるようになったが、同窓会は高齢化して四年前に解散となり、遠い日はまた遠

くなってしまった。

あの日から更に十年が過ぎ、

「もう一度お逢いしたい」

の相寄る思いが、昨年の春実現したのだった。

「あなたが作品の中に私を書いてくださったから再会できたのね」

「作品の中とはいえ亡き方にしてしまって」

と互いにくり返し、知らずに過ぎた別々の時間を語れば、いつまでも尽きない。別れ際、

「今日、あなたは着物でいらっしゃる予感がしてたの。これを使ってちょうだい」

と手渡された帯締は、ほんのり桜色の組紐であった。

「私はもう帯を結ぶ力がありません」

と添えられたことばが浮かんで、使わせていただく度に胸の奥が痛む。今も地域の方に書道の手ほどきをされていると聞いたのは嬉しかった。

「遠くから新幹線で来てくださったのね」

と仰る先生は、八十半ばを超えて千葉から二時間の道をひとりで出かけてく

ださった。

「またお会いいたしましょう」

のことばを暖めている。


（「笠寺」二〇一一年二月号）

ひな

「お出ましください」

朱と黒の箪笥は眺めるのによい高さで、今年も「私のおひなさま」を飾った。親指の先ほどの内裏雛一対で、陶製染付けである。蒲鉾板より小さな黒塗りの板に、フエルトを切った緋毛氈。

「長い道のりでしたね」

人形嫌いが病のように長かった末の、雛飾りである。

昭和二十年終戦時に住んでいたのは、旧満州国の中の市街地だった。開拓団の方々には申し訳ないが、日本人のために理想的に整えられた街は、既に上下水道も完備し、舗装の大通り、並木の歩道があった。その並木の柳が芽吹きを待つ頃、祖母の日柄選びで雛飾りとなった。納戸の奥から大小の木箱が運び出されるのは嬉しいし、小さな箱は妹と運んだりもした。

「あんたらのお祭り、女の子の節句や」

何とも華やいだ心地よいことばであった。雛壇を組むのは、父か手使いの男衆で、緋毛氈を掛けると華やぎが弾けた。

お内裏様、三人官女、五人囃などなど、箱の中から樟脳の匂いを伴って現われる。丁寧に布に包まれた人形は、顔の部分を更に和紙にくるまれて、その仰仰々しさが嬉しさを増した。

「凛凛しいお顔や」

「官女さんは愛らしい」

「口もと目もとの涼し気な五人衆や」

などと、祖母は口も忙しかった。

「これは誰の手に」

などと官女の持ち物や、お囃の笛や太鼓の場所を尋ねて添える。とりわけ好きだった品は、下段に飾る塗りの膳や長持ち箪笥であった。

右近の橘、左近の桜、ぼんぼり。菱餅は台だけで、紅白緑を重ねた本物の品が近所の和菓子屋さんから届けられていた。そうそう、色とりどりの雛あられも一緒に。

「さあできた、ええ眺めやなあ」

桃の蕾の枝も添え、一列に座って眺め入っていた祖母、母、妹と私。

「あれはもう少し右がいい」

などと飾り加減を確かめたのも懐かしい。

けれど、それはあの終戦の年までのことで、次の雛の日、日本人は隠れるようにして暮らしていた。カーテンを閉じ、息を潜めての雛飾り。桃の枝も菱餅も雛あられもむろんない。折りも折り、暴動に見舞われ屋根裏に隠れているうちに、家財は持ち去られ、雛壇は崩されて、雛たちは首がとれたり手がちぎれたり、踏みつけられたのもあった。

「日本には持ち帰れないのだから」

と拾い集めて、翌日庭で灰にした。

「火葬だわね」

と涙を流したのは三十歳の母で、私は妹と肩を寄せて、じっと見つめていた。

その年の夏、日本へ引き揚げて来てからの暮らしに雛人形はなく、私は長い間人形嫌いであった。

還暦を迎える頃、頑な自分に別れようと、そんな経緯を「おひなさまのひみつ」という子ども向けの作品にした。そしてその記念にと、小さな陶の内裏雛を求めたのだった。

段飾りの写真は、一枚だけ残っている。まだ就学前で、既に居ない妹とふたり四つ身の晴れ着の袂を前で重ね、リボンを付けて雛と並んで座っている。古いアルバムを探さずとも、目を閉じれば浮かぶ一枚である。

（「笠寺」二〇一二年二月号）

花待ちの日々

十三階の住人になって六年が過ぎる。庭を持たない暮らしは淋しくなったが、眼下に桜並木が帯状に眺められるのは気に入っている。高い所から眺めると、繁れば同じ緑となって判じ難いが、あちこちのお庭や空地にも桜が見つかって嬉しい。

世間では子どもも世代が家を出るのが普通のようだが、わが家は息子に自宅を頼んで、私たちが便利な街中に出てしまった。郊外の自宅には、姑が嫁いだ日に既にあったという桜の古木があり、それぞれが花見の仲間を集って楽しんできた。待つ桜、日々姿を変えて咲く桜、舞い散る様も見事であった。けれど、毛虫の出現や落ち葉の始末には泣き言も出た。そんな三十余年の暮らしがあったからか、私の桜好きは年々昂じている。

光が春を告げると、駅とは反対の方角の桜並木を遠まわりして眺める。芽吹き花つきの様子を確かめて歩く。

遠い日、高校生であった息子が、庭の桜の咲き具合を、「園児、中学生、高校生、女子大生」とたとえ、色褪せて散り行く様を、

「ついに桜がお袋になった」

と、憎らしいことを言った。今なら冬の枯木であろうが、もうそういうことは互いに言えない。けれど、私はそれに例《なら》って、桜並木を歩いては、

「まだ園児ね」

「間もなくお年頃」

などと判じている。

身辺を桜尽しにするのも、そんな花待ちのときである。箸置きを桜形の焼物にし、塗椀も桜模様に替える。汲出し茶碗も粉引きの志野の桜の描絵にして、お盆も小皿も桜尽し。

「まあ、これも桜ですね」

と気付いてくださる方が嬉しい。ハンカチだって桜の柄で、ショールも桜色。服や着物は無理でも、帯、帯揚、帯締は桜柄、桜色を準備する。短い期間限定で使うのが好き。

待つ日を重ねて、並木の桜がはにかんだ娘の風情になると、

「ねえ、お暇はありませんか」

と、誰彼を花見の伴に誘う。そういうことに心を動かしてくださる方を自然に選別しているのか、たいていの方が、

「伺うわ」

と伴をしてくださる。まるで自分の桜並木のような気持ちである。知る人ぞ知る場所なので、テレビなどで紹介をされないことを願っている。

義妹や妹は、咲き始めから舞うまで、何度も誘うので、

「姉さんには逆らえない」

と、つぶやいているかもしれない。中には、花びらを掌に受けて、そっと手帖に挟んで、私を喜ばせてくださる方もある。今年もあの方とあの方は必ずお誘いしようと心づもりしている。楽しい。

古い時代の心乱されるほどの花好みの歌人の歌は、何度口遊《くちずさ》んでも、「ほんとうに」と納得する。

桜は待つときからの楽しみで、待つは楽しみの中でも最上位ではないかしら。思い出袋の口を開けて楽しむことが多くなった昨今であるが、待つ楽しみは、見えない命の先を引き延ばしてくれるよう。

逝った二つ違いの妹も桜好きであった。

「今年も何度も一緒に眺めますからね」

と、心の内で声を掛けている。


（「笠寺」二〇一四年三月号）

あの日のお正月

お正月、晴れ着の袂を気にかけながら待望のかるた取り。父ひとり離れて、猪口を手に眺めていた。

「一緒に仲間に入ればよいのに」

と不満であったが、戦後の何もかも不如意な時代、八人家族を肩に背負っての父を、今なら労《ねぎら》うことができる。

そんな父を除く家族七人の前に、百人一首の取り札が捲かれていた。幼い末妹は母の膝で戦力外であった。弟ふたりも、それまでに犬棒かるたや双六、福笑いに付き合って、機嫌を取っておいた末の不承不承の参加である。

「反対でしょ。畳の上のは絵がないよ」

などと抗議をする手合だが、かるた取りであるから人数が欲しかった。坊主めくりで更なる機嫌も取ってある。

読み手は祖母。その祖母好みの私は百人一首遊び好きであった。

「天つ風……………をとめの姿……………」

の僧正遍昭の歌など、好みの札もできて、そっと手前に寄せておく。戦後、まだ小学生の頃で、むろん歌意など解ってはいないが、祖母の好む大人の遊びと思えば心が躍った。

「お姉ちゃんは覚えているからずるい」

は、二つ違いの妹の口惜し気な理不尽なことばであった。理不尽ということばも知らなかった私は、

「あなたも覚えておけばいいじゃない」

と、返したいところを我慢した。仲間に逃げられまい、の我慢であった。

「はいっ」

「はい、これ」

と、私の手が続くと、

「少し手加減してやらんと逃げられますよ」

と、祖母が耳打ちする。

読みながら取り手にもなる祖母と私は、よい勝負で楽しかったが、妹や弟たちははじめから気のない参加であったから、

「もう一度」

などは、望むべくもなかった。

目を閉じれば、かるたを囲んだ家族の姿も浮かんで懐かしい。祖母両親はむろん、口惜しがった妹も既にいない。弟たちも老いた。

おせち料理その他を外注するなど考えも及ばぬ時代の、暮れの喧騒を越えた新年の平和な家族のひとときであった。祖母も母も常の貝の口の帯結びをお太鼓結びにして、時折り台所に立つ折りの白い割烹着には鏝《こて》が当たっていた。そんなことごともお正月気分で嬉しかった。

妹と私はおかっぱ頭に母好みのリボンまでのせていたが、ふたりのあの日の晴れ着は、その後どうなったのであろう。戦後生まれの母の膝にいた妹は、

「袂の晴れ着の記憶はないわね。私はお正月でも新しいセーターではなかったかしら」

と、すげなく仰る。

「お正月、お正月というけれど、昨日と何も変わらないのだよ」

は、平成生まれの男の孫である。元旦もジーンズで、お年玉だけは長じてもちゃっかり受け取る。

その孫が小学生のとき、私好みにしようと桐箱入り組み紐のかかった百人一首を奮発して、お年玉に添えた。期待は外れて誘いにものってくれず、結局使

わずじまいで今は私の手許に返っている。

一日だけ戻れる日がもしあったら、あの日を選んでもいいなあと、浮かべている。


（「笠寺」二〇一五年一月号）

「わたくし、ときめきました」

「見つかってくださいな」

赤い手縫糸を探しています。嬉しいお裾分けの布に少し手を加えたくて、久しぶりに針箱の隅々まで眺めました。和裁も洋裁も出来ずに過ぎてきましたが、針遊びは好きです。初代の針箱は小学生のときのセルロイド製。現在の持ち手引き出し付き木箱は、何代目でしょうか。

「あら、まだ残っていたのね」

求める糸は見つかりませんが、あのセルロイドの箱にあった懐かしい品々との再会です。使った記憶はほとんどないのに磨り減っている篦《へら》。少女の顔が描かれた厚紙の糸巻、マーブル模様で蝶の形のセルロイドの糸巻、木の糸巻には菊や蒲公英《たんぽぽ》の絵がそのままです。中には母の手で鉛筆書きの旧姓も見えました。

「旧姓なんて忘れていたわ」

の思いです。他にも、鈴のついた握り鋏や布の端をきゅっと挟んで絎《くけ》縫いをする金属の道具もありましたが、もうありません。現在使っている鋏や指貫は、小学生の頃の息子が使っていたものです。

祖母は和裁専門でしたが、母は婦人雑誌の付録の型紙などで洋裁も楽しんでいました。ふたりとも針まめな人でした。夜の長い季節は、夕餉の片付けが済むと、笠だけの電球の下に銘々の針箱を出して、繕い物や仕立直し等に励んでいました。音の出る足踏みミシンは昼間の仕事です。用も済み、気の向いた折りは、私と妹の着せ替え人形の着物や服、お手玉や巾着などを作ってくれることもあり、糸と針で布が形になるのは嬉しい図でした。やがて、私も針を持つようになりました。

「ここはこう、そこはこんなふうに」

と口やかましかった母、祖母は鷹揚で、

「そのうち上手になりますよ」

その祖母は小さな布も接ぎ合わせて座蒲団などにしていました。今ならパッチワークです。それにも使えないほどの小布がお手玉になり、弟子の私は今もお手玉作りは上手です。

「洋裁は無駄の多いものやなあ」

と、祖母には不評ながら、母の裁ち屑は私の宝物でした。花の形に縫い縮めて安全ピンをつけたブローチの懐かしいこと。セルロイドの糸巻に刺繍糸が少し残っています。幼い日の息子のズボンの脛の抜けた所を、お日さまやライオンの顔のアップリケで塞いだ折りのものではないかしら。捨てなかったからこその、幸せな気分です。

物のない時代に育った世代は、いつか何かの役に立ちそう、と取り置きたい世代であり、今風に「ときめき」を物差しに物を始末するのが難しい世代でもあります。

「おばあちゃん、〇〇に使えるものない」

「これで如何」

と孫と私。たまさかの間に合いは喜びです。私はこういうときにときめくみたい。

探す糸は見つからないまま、思い出袋の口を緩めていましたら、ちょっぴり膨らんだ郵便です。送り主は布のお裾分けの方。

「この刺繍糸を一本取りにしては如何」

と。探していた赤い糸への助人です。彼女も取り置きの人のよう。フランス刺繍の糸は六本取りで、その一本を使うアイディアです。

「ほう、なるほどねえ」

色も太さもぴったりで、早速件《くだん》の布を手にチクチク針遊び。

「できましたっ！」

アイディアも添えた嬉しいお裾分けに、

「わたくし、ときめきました」


（「笠寺」二〇一六年三月号）

お隣の席

花火はありますか

「振りまわしてはいけません」

祖母の声で目が覚めました。新聞を手にしたままのうとうとです。

「夢でしたのね」

手花火を持って追いかけあっていたのは、弟たちでした。

遠い遠い日、庭先の縁台、ブリキのバケツがふたつ。ひとつには水が、もう一方にはローソクが立っていました。バケツの中に火種のローソクを立てるのは、風に消えない知恵でした。弟たちと妹の好みは、先からシュシュッと勢いよく火の飛び出す花火で、祖母と私は線香花火が好きでした。風上に背を向けて、こよりのような花火の先に、そっと火をつけます。揺らしてはだめ。地面近くで下げて待ちます。火は火薬のところまで駆け上がるように燃えて、くるりと赤い玉になり、そこから四方に、
パシッ、パシッと模様を作って飛び出しました。

「紅葉《もみじ》、紅葉」

と楽しむうちに、柳の葉のような火を散らし、

「もうしまいや」

の祖母のつぶやきとともに、玉は黒くなってぽとり。手もとが軽くなり、あとは闇。

「はかないなあ」

の祖母のつぶやきは、私の理解の外でした。けれど、花火の後の闇は、特別の気持ちでした。

新聞を手にしたままの短い居眠りの夢が、そんなに詳しかったかどうかは知れません。毎度の思い出の光景なので、はやどこまでが夢かも解らなくなっています。

そして、あの花火を、十三階のベランダで密かに楽しんでみようと、思い到ったのでした。

「コンビニならあるんじゃないの」

の孫のことばを頼って、常には行く用のないドアを押しました。

「花火はありますか」

アルバイトのお嬢さんは、

「店長」

と声をかけ確かめて、

「置いていません」

がっかりの様子が見えたのでしょうね。

「お孫さんのですか」

とすまなさそうです。

「いいえ、私が遊びます」

とは、言いそびれてしまいました。

そんないきさつを年来の友人に話しましたら、

「今はあなたの探しているような線香花火はありませんよ。みな海外で作られていて、紅葉にも柳にもならずに、火玉はすぐ黒くなって落ちてしまいます」

とのこと。花火の主流は地面に置いて、ひたすら上にシュシュッと飛び出すものだそうです。里帰りのお孫さんとの経験談でした。

夢は夢のままがよいのかもしれません。

わたくし、ガンダムです

「今日、ガンダムなの」

「そう」

見上げて話さねばならなくなった孫との会話です。ガンダムは私。膝を庇《かば》って歩く姿が、ロボットのガンダムに似ているのだそうです。なるほどねえ。新しいアニメのキャラクターは覚えられなくても、ガンダムは承知です。息子たちがテレビに釘づけになっていましたもの。

わがガンダム状態は日替わりの様相で、

「今日は少し楽ね」

と地下鉄の階段を上り下りした翌日、

「このまま歩けなくなったらどうしましょう」

と手摺りに頼ります。

それでも、ガンダムの喩《たと》えはなかなかよくて、

「痛くて辛い」

などと訴えれば、聞き手ともども滅入りますが、

「今日、わたくしガンダムです」

と言えば、気持ちが重くなりません。

痛みが続いて気落ちしていたある日、気紛れの楽な日が巡るのは、老いへのプレゼントなのでしょう。子どもの日、耳の遠くなった祖母に、

「勝手なときだけよく聞こえるのね」

などと思ったのは、案外こういうことであったのかもしれません。

巷《ちまた》にはガンダム状態の人が多いようで、飲めば効果ありの商品が、テレビでもつぎつぎ紹介されています。

「正しい食生活を」

と子どもの頃から摺り込まれてきたので、意固地に拒んでいます。

それでもある日、新聞掲載の「ひざ激痛がピタリと消える！　老化も止まる！　革命的新療法」という雑誌のキャッチコピーに動かされてしまいました。紙面の指南に従って、膝を抱え、脚を宙に挙げ、人さまには見せられない姿で励んでいます。

「比較的調子のよいのは、この運動のおかげかしら」

と思っても、後戻りが怖くて、止めて確かめることはできません。

「もう一度正座でお茶をいただきたいのです」

調子に乗って整形の先生に訴えましたら、

「大丈夫ですよ、できなくても。世界中には一生正座しない人がいっぱいですから」

と優しいおことば。

「ガンダムは正座などしないのだから、できなくてもいいよ」

と孫も冷たいものです。

「あなたは正座の魅力を知らないのよ」

と言えば、

「できるよ、剣道部だったから」

と。

「すればできる」と、「したくてもできない」の違いは大きくて、ほんと、口惜しいことです。

学校のチャイム

キンコンカンコーン、カンコンキンコーン
学校のチャイムの音を文字にするには、どう表現したらよいのでしょう。
十三階の住人となって、窓からの眺めを楽しんでいます。遠い山の峰、雲の動き、建物あれこれ。お寺の塔も好きですが、少し離れた小、中学校も嬉しい眺めです。生徒の姿までは見えなくても、チャイムの音が風にのって届きます。やわらかな響きです。
キンコンカンコーン
始業のチャイムに合わせて朝の家事を始めましょう。朝食の後かたづけ、洗濯、少々の掃除などなど。
キンコンカンコーン
一限が終って、私も小休止をいたします。でも、ゆっくりはできません。一限と二限の間の休憩は短いのです。
キンコンカンコーン
「さあ二限ですよ」

一限目が「家事Ⅰ」なら二限は「家事Ⅱ」が私の時間割。ちょっぴりの雑巾掛けは、膝を折るのが難儀です。メダカに餌を与え、溜め置きの日向水《ひなた》を足して、鉢植への水やり花がら摘み。古新聞も束ねます。

キンコンカンコーン

二限終了です。何をしても遅くなって中身は薄いのですが、私の時間割はここまで。後はチャイムの響きだけを楽しみます。机に向かって手紙を書いたり、ソファで本を読んだり。新聞に目を通すのもこの頃です。

生徒、学生から教える立場になって、永く学校に縁があったせいか、チャイムの音は懐かしく、嬉しいのです。小学生の頃、小使いさんと呼んだ男性が、手にした小さな鐘を振り振り廊下を歩いて、始業終業を知らせてくれていました。懐かしい。

夕方どきの家事は、年月とともに大儀になりました。終業のチャイムの後ですもの。

「もう放課後ね」

とゆるゆる構えます。

「学校のチャイムの音が好き」

と申しますと、

「学校も様変わりして、あなたの想像とは変わっていますよ」

の声。

それでも私は学校のチャイムの音が好きです。教室、廊下、運動場。前に使った人のいたずら書きの残る机や椅子。黒板、その端の週訓。遠い日の少年少女の、物はなくても元気であった姿が浮かびます。思い出はいつも濾過されて、よいことばかりが残っている私の応援団です。

天が高くなり、雲の動きも風もさわやかになりました。チャイムの響きの間に、ラジオ体操、応援の太鼓、歓声と運動会の様子も届いて、楽しみは一層増しております。

卵が落ちました

「何ということ」

腹立ちは治りません。矛先《ほこさき》はわが身です。どういう弾み、どんな事態でこうなったのでしょう。

「あっ」

と一瞬のことでした。冷蔵庫を開けて、いつも通りに取り出した卵ふたつ。ひとつが手を離れて落ちるのに気づいた瞬間、もうひとつも手放してしまっていたのです。

乾いた音で殻が割れ、続いて鈍い不気味な音。細かく飛び散った殻、白身は粘着質で壁にも床にもへばりつき、中央で黄身が崩れて流れています。足にも飛沫《ひまつ》が付いていますが、ただただ立ちつくすだけ。

卵が落ちて割れたという事実は解りますのに、

「何が起きたの」

「どうして」

「私はどうなったの」

と受け入れ難い混乱です。

私には十年程前、茹で卵を作っていたのを忘れ、爆発させてしまった前科があります。

そのときは、

「こんな失敗をいたしました」

と、笑い話にできました。けれど、今回は違います。

「忘れた」

でもなく、

「あっ、失敗」

でもない、得体の知れない不安と怒りが巡ります。

「ああ、しまった」

と収めることのできない気持ちは、立て直すのが難しいのです。

体力を超える後始末に涙しました。その涙までこぼした後始末も手抜かりがあって、三日も四日もどこかに痕跡が見つかって、立ち直る力を奪います。

とうとう顛末《てんまつ》を孫に話しました。

「仕方ないじゃない」

とつれないこと。老いに似合わぬ脹れっ面をすれば、

「他のものもきっと落としているよ。たまたま卵で崩れて大変だったから大袈裟になっただけだよ」

と、したり顔。

「他のものって何よ」

「うーん、たとえばジャガイモとか人参とか」

「ない」

「ほら、いつかパックに入った水羊羹《みずようかん》落としたじゃない」

うーん、確かにと思い当たっても、すぐに認めたくなくて、口ごもりました。

「なんでもない、なんでもない。冷蔵庫まわりに限らないで、思い出してごらんよ」

と、偉そうに言います。

「知らぬ間に落とすなんてないわよ」

と言いつつ干し物を取り入れていましたら、落ちたまま乾いているくつ下が片足ありました。

十二月

「思い出の品は失っても、思い出は残りますよ」

何度も心のうちでつぶやきました。

あの大波がなにもかも奪い去った後の映像は、戦後の焼跡を思い出させました。その後の人災で家を追われた方々には、家も家財も置き去りにして、引き揚げて来た日が重なっていました。

十二月は、

「今年はどんな一年だったのでしょう」

と振り返り、

「新しい年はどう暮らしましょうか」

と巡らす月です。老いれば自分へのハードルはどんどん低くなって、できなくなったことには目を瞑《つぶ》り、重ねた失敗にも寛大になります。

「無事なら十分」

の心境です。けれど、今年は違います。

「無事であれば十分」

などとは申し訳なくて。

「無事でなかった方々はどんな日々を」

と思い、次々と押し寄せた災害、困難、地球規模の不安に、気持ちの波を揺らせています。越年は過ぎた一年の失敗や悔いを思い切りよく過去に送って、気持ちを改めるよい折りと、長年思ってきましたのに、今年はそれができません。置き去って気持ちを改めるには、大きく重いことばかりです。

「この気持ちは」

と巡らすうちに、昭和二十年終戦（当時は敗戦と言っていました）の十二月に行き着きました。本国から置き去りにされて、満州での帰国の見通しもない十二月でした。幼かったので、身の危険への恐怖ばかりでしたが、両親はどんな思いをしていたのでしょう。まだ三十代の若さでした。巡らせても巡らせても、恐かったこと辛かったことばかり甦る情けなさです。

逡巡《しゅんじゅん》の後、「何も考えなかったのね、きっと。目の前のことに精いっぱいだったのでしょう」と思い到りました。

思えば私は長い間、行く年を振り返り、来る年に思いを馳せて暮らしてきました。何と幸せな日々を重ねてきたのでしょう。あれこれ巡らすことのできるのは、すでに余裕のある恵まれた日々を持っているように思われるのです。

昭和二十年の十二月、両親はあれこれ考える余裕もなく、その日を精いっぱい暮らして、私の今日までの日々をつないでくれたのでしょう。

「ただただそのときどきの精いっぱい」

は究極の力。

力足らずの身は、

「思い出の品は失っても、思い出は残りますよ」

と呼びかけて、新しい年がどなたにも、よい思い出の日々となることを念じています。

新年の空へ

穏やかな日々を念じ、新年の御挨拶申し上げます。
十三階の住人になって、三度目の新年を迎えました。私の部屋は東北の角で、
窓側の机に座れば遠く山並みが連なって、

「平野なのですね」

と実感いたします。

この季節の晴れた日は、雪を冠った御嶽山や乗鞍が見えます。暑い季節の早い日の出は間に合いませんが、中秋から冬の日の出は、心がければ見られます。晴れの予報の日、日の出時間を計って東の空を眺めていると、遠山は黒い影。その山際がうっすらオレンジ色に染まってきます。その層の上は薄紫に。やがてオレンジ色は少しずつ濃くなり一所《ひとところ》に集まります。日の出の場所です。そこで彩度を増し、やがて一点カッと赤い光となると日の出です。日の出の太陽は大きくて、

「いち、にっ、さん」

と数えるような速さで昇ります。下の端が山際を離れると、一面は朝の明るさです。私はこの夜の明ける様子を誰彼なくお見せしたくてなりません。土に足の着かない暮らしへの愚痴を忘れる一瞬です。

空や雲、遠い山並みを眺めているうちに、

「凧《たこ》がほしい」

と思い到りました。凧の揚がる光景は、のどかで平和です。

凧揚げは独楽《こま》とともに、子どもの日の男の子のお正月遊びの代表でした。私は弟をだしにして、凧揚げ仲間にも加わっていました。近所のお兄さんの指南の手作り凧を揚げていたのは、刈り取った田の畔《あぜ》でした。

「少し持って離して」

「いいよ」

の呼吸で糸を持って走れば、凧は風を捉えてすいと浮くように揚がりました。後は、糸を引いたり緩めたり。伸ばしていくほどに高く揚がって、

「揚がった、揚がった」

とあちこちで歓声。

ああ、糸を引く感触が戻ってきます。

息子たちの頃は、奴凧《やっこ》など市販の凧が十分ありましたが、竹ヒゴ等調達し、自作を楽しんでいました。揚げていた場所は、学校の校庭。母親としての参加も楽しい思い出です。息子の手作り凧は、市販の凧に混じってよく揚がりましたが、何故か上下が逆になり、頭の方で新聞紙で作った脚が二本揺れていました。同じ運動場で揚げた孫息子の凧は、カイトと呼ばれた黒いビニール製でした。今はそれさえ思い出の中です。眼下は家また家とビル。田の畔はむろんなく、

今は学校の運動場の門扉も閉じられています。

私は、空想の凧を新年の空に揚げているのです。

大根下ろします

「まあ何でしょう」

重い宅配便は野菜でした。

大根、かぶ、春菊、乾燥済みの月桂樹の葉もあります。

「嬉しいわ」

作り手直送は葉も付いて、元気印です。かぶは千枚漬け、葉は塩もみの浅漬け、大根葉は菜飯《なめし》用と、早速組《まないた》包丁の用意です。

トン　トン　トン
刻みながらの献立思案は、豊かな時間です。

「何を作りましょうか」

ブリ大根、風呂吹き、おでん。買物も浮かべて、食いしん坊は弾みます。

そうそう、大根おろしは外せません。上質のしらす干しはむろん、削りたておかかをのせるのも、物のない時代からの好みです。ところが最近、「大根下ろし」と思うと、条件反射のように浮かぶ音があります。

ビュワーン

電動下ろし器です。

老いは無情で、時を選ばず身体のあちこちに悪戯《いたずら》をするようになりました。手首の痛い折りが増えています。昔の下し金は、目詰まりや切り傷もしましたが、現在愛用の丸形十五センチほどのセラミック製は、中央で下ろすと周囲の窪《くぼ》みに溜まる、使い勝手のよい気に入りです。気に入りですが、手首に力のない日はパス。

「あら、わが家はもうとっくに電動ですよ」

「速くて楽ですよ」

と電動愛用の方々。加えて通販のカタログなどでも、

「楽をして時間を有効に使いましょう」

のコピーを添えてお誘いです。何度も気持ちが揺れますが、私の中には、

「駄目ですよ」

と、ブレーキをかける分身がいるのです。

老い始めの頃、バリアフリーが話題になりました。その折り、建築家のおひとりが、

「早くから家の中をバリアフリーにすると、体力も注意力も衰えます。段差、階段、不便が身体を鍛えるのです。身体の機能は使わないと錆びます」

と仰いました。

「バリアフリーにしました」

の報を羨《うらや》んでいた身に新鮮でした。その論に従えば、電動下ろし器は手首を使わないので、私の手首は一層機能低下となりそうです。

「それは困るのですよ」

という次第で、ビュワーンの音を退けてきました。

今回もわが手首を愛《いと》しんで、自力で下ろしましょう。

「年寄りは暇だねえ。そういう次元で悩むのですか」

と、孫が知ったら偉そうに言うでしょう。でも、たかが「大根下ろし」に、一瞬心揺らす暮らしが、日々となっているのです。

おにぎり

木々に早々の新芽の育つのが嬉しい毎日です。

「寒さは乗り切りました。春ですよ」

と、わが身に声をかけています。そんな折り、

「おむすびを持ってどこぞへ行こうか」

と言う、祖母の声が聞こえてきそうです。どこぞと言っても、近所の野原や小川の土手です。ほんとうによく出かけましたが、あれは母の家事がはかどるようにと、孫たちを連れ出していたのだと、親になって気付きました。祖母は、おにぎりをおむすびと言っていました。草に座ってそのおむすびを食べ、レンゲ、タンポポ、土筆《つくし》摘み。草に寝て、空も仰いでいました。

竈《かまど》で炊いたご飯をお櫃《ひつ》に移したのを前に、孫たちを集めて、

「はい、これは梅干、次はおかか」

と水に浸した手に塩をまぶし、木杓文字《しゃもじ》でひょいとご飯をのせ、両手を互い違いにふっくら合わせ、きゅっ。手首を上下させ、手前に二、三度廻して出来上がり。大皿に並ぶ三角の表情は、少しずつ違って、でも揃っていました。

「あんたもおやり」

と長女の私も祖母の指南で握りました。おかげで、早くから三角に握るコツを覚えました。

息子たちが小学生の頃、残りご飯を三角に握って取り置きました。

「ただ今」

の声に、

「お帰り、おにぎりあるよ」

と、若い母親は私。おやつとは別で、ランドセルも下ろさず、ひょいと口へ。行儀の悪さは承知の一瞬でした。

いつの間にかおにぎりが商品として、お店に並ぶようになりました。ひとつずつ包装され、消費期限、添加物が表示されています。型で抜かれて握ってないのにおにぎり、お店で家庭の味と誘われてもねえ。などと思いつつ、ひとり居のお昼ご飯に自家製梅干を入れて握っています。海苔もよろしいけれど、おぼろ昆布で包むのも最近の気に入りです。あとは熱いほうじ茶を入れて、

「いただきます」

「ごちそうさま」

そうそう、学生時代、おにぎり持ち寄りで出かける機会がありました。それぞれの家のおにぎりが揃って賑やかでした。おにぎりにもその家の表情があるのですね。中にテニスボールのようなおにぎりがあって、大きさも形も豪快でした。

それから十年ほど後のある日、おにぎりを作る私の手もとを眺めていた姑が言いました。

「あんた上手に三角に握るね。私は三角にできないから丸くしていたの」

あの日の謎が解けた瞬間でした。

老紳士

「ご自分のなさっていること、お解りかしら」

降りたホームでも腹立ちは収まりません。今風に言えば、紳士の上に「超」がつく方ですのに。大嫌いな「超」の字を浮かべてしまいました。老いれば気が長くなるかと思っていましたが、私はすぐ腹を立てる気短になっています。

地下鉄は立っている方もたくさんでした。お昼過ぎの時間帯のせいか、座席

はほとんど中高年の方々です。私の白髪頭を見つけて、

「どうぞ」

といつも席をお譲りくださる世代は、つり革頼りです。そんな中に一か所だけ空いた席がありました。けれど、どなたも座れません。見事な老紳士が、その前にピタリと立って、塞《ふさ》いでおられます。六十代半ばでしょうか。背の高い細身で、仕立てのよい服、頭髪も整って、りゅうとしておられます。

「ご自分がお座りにならないのなら、前を少しお空けください」

は心の内。あと十センチ右か左に寄るか、半歩下がられたらよいのに、と気を揉みます。人のよさそうなおじさんやおばさんでしたら、

「ごめんなさい、そこよろしいですか」

と声を掛けられるのですが、紳士は受け付けない雰囲気です。そのときの私は余力もあって、是非にも座りたかったのではありません。気付かぬふりの紳士の態度が気に入らなかったのです。

次の駅に着きました。乗客はまた増えました。みな、チラと空席に目をやりますが、諦め顔です。年輩者がそんな態度では、

「近頃の若い方は」

などと言えないではありませんか。心が乱れます。杖でもついた方がおいでしたら、

「空けて差し上げてください」

などと言ったかもしれません。でも、そういう理由を見つけないと行動できない自分も嫌です。その上、あの方は、

「どうぞ」

と席を譲られたら、

「年寄り扱いは不要」

などと仰るのではないかと思う、意地の悪さ、情けなさです。

地上へ出ると、うららの春。桜の舞いおさめた若葉の道を歩きました。帰り着いて、ゆるりとお茶一服。空気が緩んで棘のある心が解けました。あの紳士、身だしなみよく背筋を伸ばそうと頑張っておられたのではないかしら。前の空席への配慮まで余力がなかったのかもしれません。すっかり心変わりいたしました。

誰も老いるのは初体験です。体力と兼ね合わせた努力も配慮も、ほんと、難しいことですね。

深呼吸いたします

「あら、あそこにもここにも。桜はこんなにあったのですね」

街の中のあちらこちらでも、思いがけないたくさんの桜に出会いました。毎年咲いていた筈ですが、花どきが過ぎ葉が繁ると、他の木々の緑の中に隠れてしまいます。

この春は、そんな桜を追いかけるように過ごしました。桜好きは昔からでしたが、今年は少し異常で、毎日のように桜を追っていました。

十三階の部屋から見下ろす桜並木は、バスなら二区の長さです。

「蕾の先が色づきました」

「三分は咲いたわね」

「間もなく満開」

と、ひとりごちて歩きました。ひとりで眺めて歩くのが惜しくなって、家族、友人、義妹、行き先で出会った知人も誘って、

「三分咲きはいいですよ、是非」

「八分咲きは一番の見頃です、如何」

「満開も花吹雪も今年の見納め、一緒に歩きましょうよ」

と、強引です。

「こんなよい桜並木があったのですね」

「ここは穴場ですよ」

などと喜んでくださると、まるで自分の桜のような嬉しさです。

そんなご近所桜を皮切りに、お城まわり、○○川沿い、△△家のお庭の桜と、誘われれば喜んで、誘われなくてもひとりでも出かけました。俳句仲間との吟行の伊賀上野も花どきで、桜はお城の裾模様のようでした。その折りの小雨は花の色を濃くして、晴天にも勝る風情で、鶯も正調で鳴いていたのですよ。

そういう日々は、身辺も桜づくしで楽しみます。手紙を書けば桜のシールで封じ、葉書も桜さまざまを選びます。箸置き小皿小鉢も桜の染付を使い、外出時は古い桜の帯の出番。帯揚帯締も桜色。こういう季節限定が年ごとに楽しくなりました。残りの体力、時間のせいでしょうか。

ご近所桜、市内の桜で歓喜していましたら、夫の発案で吉野の桜見物が実現しました。果たしたかった夢のひとつでした。行き着いた吉野はまるまる花の中。遠景色の山々は、桜が幾重にも積み上がって見えます。ひと目千本は実感で、追いかけの最後にふさわしい見事さでした。

ご近所桜も、今は何くわぬ顔で、すっかり新緑です。待たれて待たれて惜しまれて、潔い散りぶりの後の新緑。ほんと、いいですね。

新緑の中にいると、深呼吸をしたくなります。あの吉野の新緑の中での深呼吸はどんなに爽やかかと、巡らせています。世情は息のつまるようなことばかりですもの。

バイバーイ

「バイバーイ！」

降りた電車に手を振って見送る男の子は、まだ幼稚園に上がる前でしょうか。黄色のTシャツに半ズボン。可愛いスニーカーがあるのですね。乗り物好きであった息子の遠い幼い日が重なりました。

「さあ」

と手を差し出すお母さんを見上げて、

「もうひとつ」

は男の子。もう一台見送りたいの意と、すぐに解りました。これまでも同じような光景に出会っていましたから、お母さんの反応が気になります。たいていは、子どもの気持ちなど無視をして、

「はやく」

と幼い手を引っぱるように歩き出します。引きずられていく子、中には、

「だめ！」

と頬を打たれる図にも出会いました。

けれど、その日のお母さんは、身を低くして男の子の耳もとで何か囁いたのです。

「三ついいの？」

と、男の子の頬が緩み、瞳が輝きました。

「三つバイバイしたらおしまい。行きましょうね」

と、お母さん。ふたりは手をつないで、次の電車を待つ様子でした。

「よかったわね、坊や」

心の中で声をかけて、私も改札口へ向かいました。続く二台の電車に手を振

り、満足して改札口へ向かう母と子の姿を浮かべるのは、快いひとときでした。

ある日のホームでは、

「ママ！」

と、何かを訴える幼い女の子を無視してケータイに夢中の母親に怒り、入ってくる電車に両手を上げて喜ぶ男の子をただただ急《せ》かせて乗り込む母親に、悲しくなっていました。

わが家の乗り物好きの息子は、新幹線の開通する前年の生まれで、ブリキの新幹線の玩具《おもちゃ》がお気に入りでした。乗り物好きを目の当たりに、一緒に暮らしていた義妹が、

「新幹線に乗せてあげよう」

と、京都まで連れていってくれました。意気揚々と出かけた息子は、帰り着くなり、

「新幹線はね、乗ったら見えないんだよ」

と報告しました。義妹は、

『本当に新幹線に乗っているの？』って尋ねてばかり。ホームで何台も見せた方がよかったみたい」

と。幼い甥を連れての若い娘の旅を思うと、今も感謝、感謝です。この一件はずっと語り草となり、家族一族の懐かしい思い出です。そんなことまで思い出して、黄色のＴシャツの坊やとお母さんに、幸せのお福分けをされました。

梅雨空ながら、私の心は晴れ晴れしています。

夏休みとりましょうか

「代わってもらったことなかったわね」

痛む膝を庇《かば》いながらトイレの床を拭いています。いきなりトイレの話で恐縮ですが、重い実感です。

主婦となって五十年余り。原始的なお手洗いから自動で蓋《ふた》が開く現在のトイレまで、代わり手なしで何度掃除をしたでしょう。男の子、女の子の区別をするなど、今は憚《はばか》られるでしょうが、私の子育ては姑も一緒で、クラブ活動だのボーイスカウトだのと家に居ない息子たちに、

「お手洗いの掃除を」などと教える機会はありませんでした。女の子を育てられなかった後悔です。

「一度は代わってほしかったわね」

「今からでもいいわ」

の心境です。

これはほんの一例で、老いれば何事も手のろくなり、要領も鈍って、五十年磨きをかけてきた筈の家事に、翳《かげ》りが見えます。姑は、

「はい、どうぞ」

と、一日目からあっさり主婦の座を譲ってくれました。

「これでさっぱりしました」

と、危なっかしい一年生主婦に、通帳から印鑑まで渡してくれました。大物だったと言うべきでしょうか。夫は、

「ずぼらだったから」

と申します。

気力も体力もあった私は、信頼に応えるべく、煽《おだ》てられて励みました。

「家事は楽しみながらおやりなさい」

は、実家を出るときの祖母のことばで、それにも後押しされて、

「あら、私って思いがけない家事好きよ」

と、わが身に呪文をかけてきたようです。

五十年が過ぎて気力体力も減り、様子が変わりました。何をしてもひと休みです。ひと休みは何事も途切れ途切れにして、果てのない感じです。

「年寄りになるといそがしいのですね」

が、実感です。重い荷物は分けて運び、出かける用も一度にあれこれは叶いません。出直していると、今日も明日もの忙しさです。忘れてしまうことも加わるのですもの。

暮らし方が変わって、子ども世代とも別暮らしで、

「手を抜けばよい」

と優しくされても、もう十分抜いているので、気持ちが許し難いのです。五十年の繰り返し、「よく倦《あ》きもしないで」などとは思いません。倦きても交代要員がなかったのです。今はそういう方が多いのではないでしょうか。

家事も主婦も夏休みにしようかしら、と思いつつ、ぼんやり暮らす姿を浮かべると、これもまた不安を誘うのです。

桐箱入り線香花火

「なんて見事なのでしょう。欲しいわ」

思わずつぶやいていました。冊子に載っている桐箱に納まった線香花火です。火薬部分は和紙に縒《よ》り込まれて、縒り残しの部分の草木染めのピンク、黄、緑は淡く優しい色です。束ねているのは、臙脂《えんじ》色の和紙の紙縒《こより》。

「もう欲しい物はなくなりました」

などと言っていたことも棚上げです。

冊子の見開き片面が件《くだん》の写真で、対面はひとりの女性花火職人が、三十年の歳月を費やした線香花火作りの紹介です。三十センチ四方に飛び散るのですって。

「試してみたいわ。それに花火の姿が美しい」

職人の手漉《す》きの和紙を短冊状に裁断し、紅花などの草木で手持ちの部分をほんのり染めます。それに配合した火薬を包んで、一本一本指先で紙縒りに縒って出来上がり。行程の写真が添えられています。祖母仕込みで紙縒りは得意ですから、手の感覚が伝わってくるようです。

「こんなに丁寧に作られるものですもの、お高いのは当然ですよ」

は、花火師側に気持ちが移っているときで、買い手としては高価です。眺めて眺めて一か月の逡巡の末、

「お遣いものではありませんから、桐箱はなしでお願いします」

と、発注の電話をしました。ゆるやかな声で、

「桐箱はお遣いもの用ではありませんの。品質を保つためです」

と、控え目な説明。湿気《しけ》ないための桐箱で、一年でも二年でも楽しめるのだそうです。箪笥《たんす》の上段がよき保管場所で、年に何度か桐箱の蓋を開けて陰干しするとよいそうです。

「ひとりの手仕事ですから、九月の末になりますが」

と、気の毒そう。

「一年先、二年先の方が美しいかもしれません」

と、添えられました。

思い切りの悪さが遅れをとりましたが、来年も再来年もとわが身の保証をされたような気分になりました。待つことは楽しみであることも、年月をかけて

学んできた身です。

「お待ちしますとも」

と、心の内で繰り返しています。

線香花火好きは祖母ゆずり。もう昔のようなゆったり大きく広がる花火との出会いはないと、諦めていました。届くのを待つ間、私の中で何度も思い出の花火が輝くでしょう。そのときは、もう居ない祖母、母、妹も一緒のはずです。父は庭へは出ないで、ぶら下がった電球の下で新聞を広げているかもしれません。九月が過ぎても、来年再来年の夏でもいいわ。待ちどきは幸せな時間です。

お隣の席

「う、ふ、ふ。なんだか疲れが少ないみたい」

日帰りで東京へ行った帰り道です。

「きっとあの青年のお陰ですよ」

胸の奥がちょっとこそばゆい感じです。

新幹線の無い時代を十分知っているので、

「東京は近くなりました」

と思ってきましたが、老いればそれも大儀になって、

「今にひとりで行けなくなりますよ」

と、わが身を鼓舞して出かけています。

「ネットでもケータイでもすぐ取れますから」

と若い世代に笑われながら、今も時刻表に頼り、切符は窓口に出かけて調達します。ちょっぴりの旅気分です。老女のひとり旅ですもの、グリーンなどは使いません。けれど、安心は大事な要素で、指定席は確保です。希望はE席。晴れた日、運がよければ窓いっぱいに富士山が眺められる席です。富士川の鉄橋あたりが一番の場所。近くに居眠りの人がいると、起こしたくなる場所です。でも、年に数回の上京では、出会えないこともあり、今回の往きもがっかりでした。


用が早く済んで一列車早くと窓口に向かうと、白髪頭を案じてか、

「変更は一度だけですが、大丈夫ですか」

のご親切。変更の席はD席。通路側でした。

「いいわ、夜は富士山が見えないのですもの」

始発駅は早くから乗り込めるのが好き。ゆるりと座って、あとはお隣が年輩の男性でないことを念じます。老婆のくせにと思われそうですが、缶ビールやお酒を飲んだ後の大鼾《いびき》に、不快な思いをした経験があるのです。

発車のベルが鳴りました。

「僕お隣です。前を失礼します」

爽やかな青年でした。

「石鹸《せっけん》の匂いがする」などという懐かしいことばを思い出しました。何だか胸の奥までそよ風が吹き込んだよう。青年はケータイを取り出したり、イヤーホンを付けて身体を揺らせたりもなく、長い脚を揃えて文庫本を読んでいました。席を離れるときは、

「失礼します」

とひと言。私もだらしのない老婆と思われてはなりません。こっそり草履《ぞうり》の鼻緒を外すなどはいたしませんとも。負けじと行儀よく背もたれに頼って、本の続きを読みました。

先に私の降りる駅に着き、

「お先に」

と声をかけて立つと、

「さようなら」

と清々しい声でした。

年輩のいつかの男性も、お隣がお嬢さんだったら、ビールも控え、鼾もなかったのかもしれません。

老いの家事

「どっこいしょ」

立ち上がるにも座るにも、ついかけてしまうことばです。

「いいのですよ、かけ声は脳への合図ですから」

優しいおことばですが、脳、脳と言われるのは好みません。

じり貧の体力ながら日常の暮らしに大きな支障はなく、老いてなお楽しみもたくさんございます。ひとつだけ不平を申せば、

「今日は大儀です。主婦に定年、卒業はないのかしら」の気持ち。五十年余りも同じような家事を続けてきました。姑は嫁いだその日から主婦の座を譲ってくれましたが、次世代と別暮らしの私は、譲る相手がありません。大儀と思う日が続くと、母のことばが思い出され、背中を押します。

「家事は趣味と思って楽しみなさい。務めと思うと辛くなります」

母の時代は今のような家電製品もなく、便利グッズあれこれもありません。出来あいのお総菜《そうざい》はむろん、インスタント、レトルト、冷凍食品もない時代でした。おまけに大家族。それでも思い出の中に、粗悪な材料ながら、ふくらし粉を使ったドーナツやカップケーキも浮かびます。上がり框《かまち》の隅の芒《すすき》やおみなえしは、近くの川原での調達だったのでしょうか。おみなえしは、少し臭かったわ、などと思い出します。

「そうなのね。趣味ですよ、とおまじないをかけていたのね」

私もおまじないを唱えて台所へ向かいます。

「どっこいしょ」

思い出を道連れにすると、確かに少し気持ちが軽くなります。

「趣味にしましたが、すっかり手のろくなってしまって」

と、心の内の愚痴。

「のろくなったら時間をかければいいじゃないの」

と、どこからか母の声。

「でもお母さん、私もうすぐあなたの年齢を超えますよ」

と甘えます。

そんなことを繰り返していたある日、テレビで偉い先生がおっしゃいました。

「お料理は一番の認知症の防止策です。包丁を使うのは脳を刺激しますし、何より調理の段取りが脳のトレーニングなのです」

きっとそうなのでしょうね。でも、私は脳のトレーニングのためにするのは嫌。趣味でいたします。趣味ですからノルマもありません。思い出を道連れにゆるゆると気の向くままに。楽しい暮らし方をすることが、結果として元気にしてくれるのであれば、それは嬉しいことです。何でも老化防止の大合唱、実はうんざりしているのです。


（「暮らしをつむぐ」二〇一一年八月〜二〇一二年十月）

夏休み恋し

消し炭

「そうそう、ありました、ありました」

本を読んでいて久しぶりに出会ったことばに、思い出袋の口が開きました。

消し炭。

薪《たきぎ》や炭を途中で消してできた軟らかい炭です。おき炭ともいって、急ぎで火を起こすときのお助けの品でした。勿体ないが身上の時代、かまどの薪もコンロの炭も、用が済んだら炭挟《ばさ》みや長火箸でつまみ出し、ふたつきの壷に閉じ込めました。それが消し炭で、その壷が消し壷。わが家ではかまどの右下の隅が定位置でした。瓦のような黒い壷。まだ赤い炭や薪を閉じ込めておくと、黒く鎮まって出番を待っていました。

あの頃、火種を燃え立たせるのは、コツの要る家事の第一歩でした。古新聞は大事な包装材でしたから、その使用済みやどんな紙屑も、焚きつけの火種でした。マッチで点火し、炭や薪を足していきます。湿っぽい雨降りや炭や薪が湿気《しけ》ていると、火はなかなか立ち上がりません。マッチも貴重で、消し炭は、そんなときのお助けの品でした。軟らかい消し炭を火種に添わせ、渋団扇《しぶうちわ》で風を送ると、目を覚ましたように赤く燃え出すのでした。

「ついた、ついた、もう大丈夫や」

と嬉しそうだった母や祖母の声。

私は今朝も炎の見えない熱源に指一本で触れ、味噌汁を作り、昨夜セットしたお釜のご飯をいただきました。ふたりが知ったら、どんな顔をするでしょう。

そうそう、子どもの日、消し壷の中で赤い火がどのように黒く鎮まって消し炭になるのか知りたくなりました。

ある日の、祖母が消し壷にふたをしたすぐ後でした。好機到来。祖母がその場を離れるのを待って、そっとふたを開けたのでした。

「危ないから絶対ふたを開けてはいけませんよ」

は、きつい言いつけでしたが、禁止は子どもにとっては誘惑でもあったのです。

「わあっ！」

炭か薪かが消し炭になりきらないまま外の空気に触れて、怒ったように火柱となって立ち上がりました。悲鳴に引き返した祖母は、私をつき放し、ふたを拾い上げ、火柱を押さえつけました。

「大丈夫やったか、火傷してないか。お顔が煤《すす》でまっ黒や」

と涙声でした。叱られなくても十分に反省していました。

「気をつけて見せてあげたらよかった」

と祖母。

私はそれから、妹や弟たちが同じことをしないかと、ずっと見張っていたのでした。

年賀状を書きながら

「あなたにはもう無理ですね」

年賀の葉書を前に、住所録を開いています。パソコン等での効率のよい管理とは縁遠い私の住所録は、角も摩り減り色褪せて、あちこち染みも残る年代物です。何十年もこの中に住み続けてくださった方が、ひとりふたりと去って行かれ、もう転送の先はありません。

老いれば日頃の交流は薄くなりますが、年一度の賀状では互いの近況を交わし、無事を確かめ、健やかな年にと念じあってきました。

「〇〇のお稽古は続いていますか」

と尋ね、

「お会いしたいですね」

と、遠くの戦前からの幼馴染みにも語ります。長年の交わりが欠けていくのは淋しいことです。お名前の前に小さな印をつけているそういう方々にも、

「紅葉はすっかり散って寒くなりました」

「〇〇へご一緒しましたね」

などと心の内で声をかけていますから、賀状はなかなか進みません。

でも、急ぎません。

丁度二十年前のことでした。

「お姉ちゃん、届いたお年賀には『元気です』とあるのよ。頑張って」

と、もう居ない妹が、病床の私の耳許で囁きました。小心者の私は、早い準備で、年賀受け付けと同時に投函をしていたのです。ところが、それぞれのお手元に届いたとき、私は病院の集中治療室で越年をしていました。

そんな失敗で学びましたから、今はゆっくりにしています。妹はその折り、

「元気になれたら、後はおまけの人生よ。楽しいことをなさい」

と励ましてくれましたのに、私のおまけは今も続き、妹にはおまけがなかったと、唇を噛みます。

何もかも、賀状を書きながらの連想です。

そういえば、今年は喪中のお知らせが様変わりいたしました。これまではご両親を送られたお葉書が多かったのですが、時は流れて、ご兄弟姉妹、お連れあいのお知らせが増えました。ご本人の旅立ちもあり、ご家族からのものは辛くて。

さて、お茶で一服いたしましょう。そしてまたゆっくり語らいながら続きをいたしましょう。仕事でも義務でもない賀状書きを、片付け仕事にはできません。

お陰さまで小さな出会いは今も増えて、賀状の新しいお相手もできました。でも、そういう方々に、いつまで私の住所録にお住みいただけるでしょうか。

年毎におまけの時間を案ずるようになっています。

一月十五日

新年のご挨拶を申し上げます。今年は「暮らしをつむぐ」が十年を迎えます。

何でもない日々のつぶやきにおつきあいくださいましたことに、心より感謝御礼申し上げます。

毎年日毎に、幼い日が懐かしくなります。殊に暦の改まる新年は、思い出につながります。

「今朝はどうしてお粥なの。誰も病気じゃないよ。どうして小豆が入っているの」

と問うたのは、幼い日の妹でした。一月十五日、わが家は小豆粥を炊いていました。

「今日は小正月だから小豆のお粥なの」

としたり顔は私。けれど、

「小正月ってなに」

と問われると、答えることはできません。

「一月一日の元旦が大正月で、十五日が小正月です。元旦はお祝いしましたやろ」

「うん。お年玉ももらったし、初詣にも行った」

「あんたら晴れ着でお年始に行ったり来たり。ご馳走もあって」

「そうそう」

「けど、わたしら女は忙しかった。小正月は女のお正月です。今日はのんびりさせてもらいますよ」

と祖母。

「どうして一月十五日なの。どうして小豆のお粥食べるの」

の妹の問は、私の知りたいことでもありました。

「古い時代の名残やなあ。昔はお月さんが丸くなる日をお正月として祝っていたんや。望《もち》の正月、望月は満月のこと」

「ふうん」

「古い暦で一月十四日から十五日にかけてがほぼ満月で、朝粥を炊いて神さんにお供えしてから人も食べましたんや。めでたいときは小豆です。そのお粥で作物の出来具合や天候を占ったりもしたんやて。さあ、冷めんうちに食べましょ」

「おばあちゃんよく知ってるねえ。偉いね」

と幼い妹にほめられて、

「おおきに」

と祖母は破顔でした。

小豆粥以外に特別のこともなく、母も祖母もいつもと変わりありませんでした。時が流れて、いつの間にか小正月など口にされなくなりました。小豆粥も思い出の中だけです。

私の中での一月十五日は、小正月というより成人の日でした。振り袖にふわふわの白いショールも知らない時代の成人式は、多くが洋服姿でした。私は、いつか嫁ぐ日のためにと母が用意してくれていた小紋の着物で、白黒の写真に仲間と一緒です。

その成人の日も、

「今年はいつ」

と流動的になって、一月十五日はなんでもない一日になりました。思い出が薄くなるようで、物足りない気持ちです。

しりとり遊び

「ありましたよ、あのような日」

久しぶりに乗ったバスの中でした。

「からす」

「すずめ」

「めがね」

「ねこ」

少し後ろの座席から、あどけない女の子とお母さんの声が聞こえました。小さな笑い声も加わります。気持ちがゆるみます。でも、

「どんなお嬢さんでしょう」

と振り返ることはできません。

「ご迷惑になりますから小さい声でね」

とお母さん。振り返って咎《とが》め立てしたと思われては大変です。咎めるどころか、気持ちは応援団ですもの。

女の子を持たない私の相手は息子ふたりでしたが、乗り物の中で、

「おりこうにね」

と願って、しりとり遊びをした日が、思い出されます。

「動物の名前だけでしょう」

「食べ物だけはどう」

なども試みましたが、難しくなって、

「やっぱり何でもよいことにしようよ」

と言い出すのは、いつも次男でした。もうすっかりおじさんになっているふたりに、そんな思い出話をしても、

「こちらは忙しいんだから」

と、素っ気なくされることでしょう。

「あのときは無理に負けてあげたのよ」

と、言い添えたいところです。

小学生の頃の孫とのしりとり遊びは、ローマ字を綴って、絵も添えて、デパートの大きな紙袋を切り開いて裏側に書きました。習いはじめたローマ字を覚える気のないのを見かねた私の発案でしたが、絵も描くのは孫の案。

「下手な絵だねえ」

などと言われながら、

「ほら、そこはKではなくてGでしょ」

と偉そうに言えましたのに、
今は、

「○○をパソコンで調べてくださいな」

と頼らねばなりません。

息子たちとも孫とも楽しい思い出ですが、とびきり懐かしいのは、もっと遠い日の妹とのしりとり遊びです。場所も蒲団も不足していた戦後の幼い日、私たちはひとつの蒲団で寝ていました。

「おやすみ」

と蒲団に入っても遊び心は続いていて、妹は、

「しりとり遊び」

と言うなり蒲団に潜って、私のお尻のあたりをつねり、

「お姉ちゃんの尻とった！」

ことばのしりとり遊びの始まりでした。

「あなたの番よ」

と声をかけても返事がなくなったらおしまい。寒い夜は、お互いが炬燵《こたつ》代わりでした。

「ほんとうにそんな日があったのかしら」

と思うほど、遠く恋しい日々です。

お茶一服

「お茶一服」

「う、ふ、ふっ」

急須でお茶を入れることをご存知ない世代がおありと知って、驚いた折りを思い出したのです。

「あの方たちには、こういう気持ちの鎮め方は、おできにならないわね」と、ひとり合点の意地悪婆さんです。こういう気持ちというのは、持って行き場のない、押さえ難い腹立ちです。

老いれば気も長くなると思ってきましたが、どうやら間違っていました。身軽な動作ができません。思うように動けないことが増え、若い頃より気持ちの波が高くなります。よそ目には、遅い動作ばかりが目にとまり、気持ちも長くなっている、と思われてきたのではないかしら。

「何をしてんのよ！」

は、自分への腹立ちでした。片手鍋の向こうに置いたお皿を取ろうと手を伸ばしました。セーターの袖口が柄を持ち上げ、お鍋は半回転して、中身は足もとに。若い日ならひょいと跳び避けられたと思うと、汚れたスリッパを睨んで、口惜しく、腹が立って情けなくて。本当に、

「何してんのよ！」です。

こんな失敗が増えました。やらずもがなの後始末ばかりです。

「もういや！　今日はやめ」

の投げやりな気持ちでソファに座り、本を開いても、同じ行を行きつ戻りつ。目を閉じました。すると、ふと、

「濃いお茶を入れて一服しなさい」

と祖母の気配です。そういえば、家事の途中で、

「ああ、一服」

と小休止をしていた祖母。

「あなたにも、今の私のような時があったのね」

と思い到った瞬間でした。ご飯のときは玄米茶かほうじ茶ですが、今は祖母のように濃いお煎茶を丁寧に、茶器も選びましょう。立ち昇る湯気の先に祖母を感じていると、

「なるほど」

気持ちは解けて、楽になりました。そして、

「う、ふ、ふっ」

となった次第です。

急須に茶葉を入れ、水を注いで直火にかけたとか、お茶は家庭でできるかと質問された方があったとか。一年中ペットボトルのお茶の方も多いのですって。

でも、あれは渇きを充たす水分のよう。濃いも薄いも加減なく、湯加減も要らない分、気持ちの波風を鎮めるには向きそうにありません。

テレビのコマーシャルさえ解らぬことが増え、パソコン操作の犯罪など解説をされても理解不能の身は、お茶一服で若い世代に対抗しています。

気短かで、意地悪な年寄りになりました。

白い包帯

「白い包帯、どうなさったのでしょう」

幼稚園の送迎バスを降りて手を振っている、男の子の指先です。痛くはなさそうで、よかった。白い包帯は、忘れていた遠い日を思い出させました。姑も義妹も一緒の賑やかな日々。

庭に待望のブランコが届きました。向き合って揺れるふたり掛けの椅子以外は金属です。ふたりの息子はむろん大喜びで、ブランコ好きの私も嬉しくて、姑や義妹も誘っていました。遊びに慣れて十日ほどの庭の桜が満開の日でした。揺れて、唄って、また揺れて、

「痛い！」

揺れながらもじっとしていない次男の左手中指の爪が剥がれて先に下がり、血が滴っていました。駆け込んだ病院の先生に、

「お母さん、落ち着いて。ほら、坊やは我慢していますよ。きみは強い子だね」

と励まされて、息子はしゃくり上げながらも耐えていました。私はといえば、すっかり取り乱して涙まで。爪を戻して処理が済むと、小さな指に白い包帯が巻かれました。

「この爪はそのうちに落ちます。でも、爪床が残っていれば新しい爪が生えますから」

「……」

息子は頷《うなず》いても、

「生えなかったら」

と、私は後悔ばかりしていました。数日後、息子はあっけらかんと白い包帯のまま、兄と同じ幼稚園に入園しました。指折れば、昭和四十三年の春でした。子どもが指を挟んで怪我をするブランコは欠陥品である、などとブランコのメーカーを責める発想のなかった時代、私は、

「親がついていながら」

と、日々自分を責め、

「そういうものです。誰が一緒でも事故や怪我はあります。そういうことをひとつひとつ乗り越えて、親も子も学ぶのですよ」

と、慰めてくれた姑。

あのとき、他者を責めていたなら、私たちのその後はずっと恨みの気持ちを募らせて暮らすことになったでしょう。そういうことを、「あること」として気をつけて暮らし、無事に私は老女に、息子はおじさんになりました。少し形は悪いけれど、爪は生えてきたのですよ。

怪我をさせてはならじ、してはならじの世の中になりました。今は、公園などでも怪我をしそうな遊具は取り払われて、なくなっているのだそうです。安全第一は大切で、よいことですが、「気をつけて暮らす」という発想も一緒に消えてしまったのではないかと、実は案じているのです。

鯉のぼりの似合う場所

「まあ、富士山を遠景色にして泳いでいる鯉のぼり、いいですね」

夫の誘いで富士山を眺める小旅行をした折りです。名古屋はすっかり若葉が繁っていましたが、富士山をめざして走る車窓は、まだ芽吹いたばかりでした。そんな若葉を分けて進む景色の中の小さな集落に、風と遊ぶ鯉のぼりを見つけたのです。

街の中では、もう鯉のぼりに出会うこともめったにありません。郊外に住んで息子たちを育てていた昭和四十年代は、五月の空のあちこちで、鯉のぼりが泳いでいました。

わが家でも、初孫を祝って里の父が調達してくれた鯉のぼりを揚げていました。組んで伸ばすような便利なポールもなくて、長く太い竹竿を使いましたが、姑《はは》のお声がかりの調達でした。毎日の揚げ降ろしは思ったより面倒でも、

「子どもの成長を願う親の愛情が力です」

と言われては、頑張らないわけにはいきません。

「揚がった揚がった、いい眺め。ご苦労さま」

と、縁先で見上げての姑の労《ねぎら》いのことばを思い出します。懐かしいわ。そう

そう、突然の雨に急いで降ろすのも大変でした。

ある日、大丈夫と晴天を決め込んで降ろさなかった夜更けの雨で、吹き流しが色落ちして混ざりあい、情けない姿で泳ぐようになりました。上等ではなかったのですね。どちらのせいかと降ろさなかったことを責めあっていると、

「いいじゃないの、よく泳いでいるから」

と姑は頓着せず、互いの矛を納めたことがありました。若い日でした。

ほんとうに鯉のぼりは五月の風が好きです。真鯉に緋鯉に子どもたち。吹き流しも加わって、横並びに泳ぐ姿は爽快です。

現在の私の部屋は十三階で、ビルや家々を眼下に見ています。公園や神社、

並木の緑が鮮やかですが、鯉のぼりはありません。私はそんな景色の中の、あちらのお宅の庭、あそこの家のあたりと、密かに空想の鯉のぼりを立てて楽しんでいます。これは、新年の幻の凧揚げの応用編。凧揚げには冬木立の乾いた景色が似合いましたが、鯉のぼりは若葉の上の五月の空がお似合いです。

そしてこの度、富士の山を遠景色に背にした鯉のぼりの素晴らしさに出会いました。

「あなたは富士山を眺めて大きくなるのね」

と、見知らぬ鯉のぼりの主の健やかな成長を念じました。

富士には月見草が似合うと仰ったのは、太宰治でしたが、鯉のぼりもとてもよく似合います。

手をつなぎましょう

駅からの帰り、紫陽花の咲く道を選びました。紫陽花は百合とともに母の好きな花でした。北へ向かって植え込みの薄紫を右手にして歩きます。先方から来るふたりは、おしゃれな若いお父さんと幼い女の子。

「よい図ですね」

家族連れやお母さんとお子さんの姿は多いのですが、ごく幼いお嬢さんとお父さんは珍しいので、思わず頬が緩みます。近づくのを心待ちに歩きました。すれ違うときお子さんと目があったら、

「今日は」

と声をかけるつもりで。たいていはにっこりと笑みをかえしてくださり、お連れは会釈をしてくださいます。わけもなく嬉しくなる一瞬です。女の子は時折り前のめりになりながら、立ち直って近づいてきました。その一瞬、

「ええっ、なにっ」

私はことばを失って、やり過ごしてしまったのです。女の子がのめりながら転倒しなかったのは、紐で繋がれていたからでした。ちょうど犬の散歩のように。胸から肩にかけた二メートルほどの紐の先は、父親の手に握られていて、前のめりになるとぐいと引き上げるように手繰《たぐ》るのです。

多くの方がご存知の今風親子連れの光景かもしれませんが、私には初体験でした。犬の散歩を連想してしまってびっくり。犬のリード紐も高級ブランド品

があるそうですから、〇〇ブランドの紐なのかもしれません。呼び名もあるのでしょうか。

でもでも、どんなに合理的であろうと、子どもを犬の散歩のように扱うのは、我慢ができません。

「手をおつなぎなさいな」

と、気持ちが波立ちます。手をつなぐのは、幼い日の至福の時間でした。あの頃の父親はシャイで、記憶がありませんが、祖母とも母とも手をつなぎ、

「冷たいなあ」

「汗かいてるよ」

などと、互いに伝わる体温を確かめて、心通わせていました。友達同士もよく手をつなぎました。帰り道を一緒に急いだり、手をつなぐ遊びであったり。

「お手々つないで野道を行けば……」

「お手々つないでみな帰ろ……」

などは、今も口をつく嬉しい歌です。

母の家事の邪魔にならぬよう、祖母は妹と私の手をつないで散歩に連れ出していました。家の庭にも咲いているのに、小川沿いのお庭の紫陽花を眺めて、

「毎日色が代わって楽しみやなあ」

とつぶやきましたが、私たちは小川のメダカやザリガニを目で追っていました。

「ね、手をつなぎましょう。お父さん」

夏休み恋し

夏休みの季節を迎えました。

老いれば毎日が日曜日となり、日々に起伏がありません。「夏休み」という実感、開放感が恋しくてなりません。

私の小学生時代は、昭和二十年代前半です。国破れても山河はあり、小川も林も野原もと、遊ぶ場所はいっぱいありました。加えて多くの焼跡は格好の遊び場でしたし、自家用車など思いもよらない頃の道路は舗装もなく、キャッチボールも縄跳びもできました。とりわけ、今なら「よい子はここで遊ばない」の看板の立ちそうな場所が、格別楽しい遊び場でした。焼け残った杭や古釘、コンクリート片、ブリキ片などごろごろしていた場所で、下駄履きでの遊び三

味の夏休みでした。暮らしを立ち直らせるのに忙しかった親は、

「勉強しなさい」

「宿題はすんだの」

などのことばも忘れていたようです。仲間も兄弟姉妹が多く、家電品もなかったので、ポンプでしたが井戸水を汲み、薪を割ったり運んだり、冷蔵庫のない大家族の食料調達の伴をしたりと、手伝いの種はたくさんありました。夏休みはそんな手伝いも増えて、

「お願い」

と頼まれ、

「ありがとう」

と感謝され、

「ご苦労さま」

と労《ねぎら》われるのは快感でした。手伝いが済んで蒸《ふ》かし芋など粗末なおやつの後は、遊び、遊び、遊び。

近くには仲間の集まる場所があり、そこへ行けば誰かがいました。メンバーに合わせての遊びの始まりです。年齢を超えた仲間が子どものルールで遊び、

遊びながら年長者に学び、年下の仲間の世話もしていました。夕方どきは、また手伝いに戻る仲間もいましたし、遊びながら弟や妹の子守りを兼ねた仲間もいました。日が傾いて遊びも果て、

「ただいま」

と格子の引き戸を開けると、お菜の匂いが待っていました。上がり框《かまち》で振り向くと、弟たちの下駄が乱暴に脱がれていて、

「ちゃんと揃えて上がりなさい」

と、長女の私は偉そうに世話をやきました。そんな夏休みの卓袱台《ちゃぶだい》は、食べ物ばかりでなく、汗の匂いも混じっていました。

祖母はむろん、両親もとうになく、遊び仲間であった妹まで逝って、残る弟妹も、訳知り顔の老人となってしまいました。

ザリガニを追った小川、泳いだ川、カブト虫やクワガタ虫のいた秘密の場所。ちびて汚れた下駄、脛《すね》の擦り傷。夏休みの恋しさはエスカレートし、

「宿題がいっぱいあってもいいわよ」

私、ローソクでしょうか

「観たいわ」

「こちらも是非」

報じられる催しに、反応が速くなりました。市内の美術館、博物館、コンサートなどはむろんのこと、少し遠出も視野に入れてチェックする忙しさです。

その上、梅の実の季節には、

「梅干を漬けねば」

と急ぎ、新生姜を見つけると、甘酢漬け紅生姜を作らねばいられません。今年は路地もののいちごジャムも度々作りました。

観たいもの、見たいこと、行きたいところ、聴きたいことごとも増え、段取りの要る台所仕事も復活させて、忙しい老人となっています。白状いたしますと、めんどうな家事等々、

「もう嫌、やめたい」

と思った日がたくさんありました。ところが、最近は心変わりをして、あれ

もこれも欲深く励みます。

身近に戻れぬ旅に発たれた方が増え、

「○○さん、あなたはもう△△は観られないのですね」

「□□さん、お料理上手でしたのに」

「旅のお話もう聞かせていただけないのね」

などと話しかけている自分を発見いたします。そんなことも一因かもしれません。加えて、老いて家事のできなくなった方を報じる番組を観ました。

「いつか私にも」

と思う不安は、

「今日はこんなこともできますよ」

の確認をしたくなるのです。心変わりですね。

嫁いだその日から、私は家事一切を引き受けて、姑はご隠居さまになられました。ご隠居さまですから今の私のように、糸の切れた凧のように好きなことに出歩くなどということはありませんでした。今となって、あれはよいことだったのか、と思うことがあります。

けれど、老いは移り気、気持ちに波がありますから、何もかも自分でしたい

と思う翌日、

「どなたか代わってくださいな、もういや」

などと思う日があるかもしれません。

それでも、気がつけば、引っ込み思案で引き算の暮らしをしていた頃より、あそこが痛い、ここの調子が悪いなどと身体の不調を訴えることが減っています。ただ老い慣れただけかもしれませんが。

「今日は元気。明日もたぶん元気そう」

は、日々の自分への呪文のようなことばです。

「ねえ、したいことがいっぱい。私って最近元気ですよねえ」

と言えば、夫は、

「ローソクも消える前に一度明るくなるからな」

と仰いました。

それならばいよいよ何事も急がねばなりません。

ときの重なり

「ご飯ですよ」

と声をかける前に、

「そうそう、あれを散らしましょう」

ベランダのバジルを摘んで、そのままサラダの上にぱらぱら。十三階のベランダ菜園は、思った以上に便利です。履物を替えて庭に降りるお手間も要らず、ガラス戸を開けて数歩踏み出せば収穫です。

煮物の小鉢の上や木の芽和えの山椒、冷奴、素麺等の薬味の青紫蘇は毎年育ててきましたが、今年はバジル、ミント、ローズマリー等を加えました。ひとり居の午後の紅茶にはミントの葉、お肉料理にはローズマリーが出番です。

庭のない暮らしに、

「楽しみがすっかり減りました」

と、気落ちしていましたら、

「お義姉さん、潮どきですよ。庭は体力が要りますから」

と慰め、鉢植えの花や観葉植物をせっせと運んでくれたのは義妹でした。今は三十鉢を優に超えた大世帯です。ワインの大樽を半分に切ったものに、高さを調節して十鉢ほどを寄せ、季節が過ぎると鉢ごと交換する寄せ植えもどきも楽しんでいます。バジルもミントもローズマリーもその仲間で、可憐な花を咲かせてくれました。夕焼けの頃、デッキチェアーに掛け、夕刊など広げていると、私の小宇宙です。そんなわが菜園、今年はししとうを九個、ミニトマトは百七十二個も収穫しました。

「家の菜園産です」と強調して供するので、

「有り難がらないと食べさせてもらえない」

などと言われました。

暮らしの形が変わっても、気を留めて暮らせば楽しいことに出会えるのですね。きっかけを作ってくれた義妹の、

「咲き終わった鉢は持ち帰ってわが庭の土に返しましょう」

という、おまけつき好意のおかげです。

彼女は私が嫁いだ日、まだ高校生で、

「お義姉さん、明日からお弁当をお願いします」

と、私の居場所を作ってくれました。

「今日も美味しかったわ」のことばとともに受け取った空のお弁当箱が、私の主婦力を育ててくれていたのでした。

時は流れて、彼女の母である姑も送り、あの日の高校生も孫を持つ身となりました。それでも一緒に暮らした息子たちはすっかり中年のおじさんになった今も、

「お姉ちゃん」

と呼んで慕っています。

日々のささやかな楽しみや心休まるときどき、ことごとは、長い時間に支えられているのですね。目の前の効率ばかりが求められる世相に、少し拗ねています。

ハイヒールの旅

「口惜《くちお》しいわ」

待望のベネチアに着きました。引き潮の海を海上タクシーと呼ぶ舟で渡った

のは、夕陽の中で、ゴンドラが行き交っていました。口惜しいのは、我が姿です。ヒールと言うには足りない足もとに、機能優先の黒いショルダーバッグを斜め掛けにし、開け口は身体に付けて、舟上でもしっかり抱え込んでいました。

「私たちふたりは最高齢。注意は守って」

と囁く、もうひとりの私がいるのです。

「旅情」という映画を観てベネチアに憧れたのは、遠い日でした。まだ海外旅行など身近ではなかった頃です。あの頃はベニスと呼んでいました。主人公のハイミスが胸をときめかせ、素敵なドレスで夏の日をベニスで過ごすお話でした。ハイミスということばも、今は使われませんね。腰のきゅんと締まった半袖のワンピースの裾を翻《ひるがえ》してゴンドラを降りる彼女の足もとは、赤いハイヒール。華奢《きゃしゃ》な白いショルダーバッグにレースの手袋まで。素敵でした。

「いつかベニスを訪れる折りはああでなきゃ」

長い長い夢を見てきました。お仲間が次々海外への旅を楽しんでおいでの時期、親の介護、自身の大病、夫の仕事の都合と、暮らしは大波小波に揺れて機会を逃してしまいました。

長い時間の末に、ようやく今回の実現となっても、ハイヒールなどとうの昔

に卒業し、

「怪我のなきよう、粗相のなきよう」

が身上の旅です。

「ほら、ここが憧れていたベニスよ」

と我が身に告げ、実現を喜ぼうとしても、ベネチアングラスの並ぶショーウインドーに映る姿は無惨な老人。

「口惜しいわ」

サンマルコ寺院、ドウカーレ宮殿。

「来ましたよ」

サンマルコ広場は人いっぱいで、映画のままのカフェも演奏もありました。時を告げる鐘楼の鐘の音、水路を行き交う逞しく粋なゴンドラ漕ぎ。夜の散策は、人影も寺院も、高い鐘楼も影絵のよう。足もと近くまでひたひたと波打つ海。

「映画といっしょ」

とうっとりしても、

「さあ、早く休まないと明日の体力が心配ですよ」

と、もうひとりの私が現実に引き戻します。

「口惜しいわ」

夜景の中のご婦人もお嬢さんも、歩き難い石畳をハイヒールです。

「花の命は短いのよ」と心でつぶやく私は、意地悪おばあさん。

旅の実現に感謝をしながらくり返す。

「口惜しいわ」

現実はいつも厳しく、夢はいつも儚《はかな》いのです。

観覧車

思い出の扉が日に日に軽くなって、ささいなきっかけで、キィーッ！


「あら、まだあったのですね」

デパートの屋上の遊園地。別世界のような静けさで残っていました。若い日には魅力的であったデパートも、めったに出掛けない場所のひとつになって、幼い日の息子たち気に入りだった屋上遊園地も、すっかり忘れていました。常には行かない最上階に用があった日のことです。観覧車を見つけて開けたドアは、思い出の扉も一緒に開けました。動いてはいませんが、昔のままの小さな観覧車。トーマスの顔をした汽車、幼児がハンドルを握るオープンカーが数台。上下に揺れる動物や飛行機。屋根のあるコーナーには、四十余年前にはなかったゲーム機が並んでいます。オープンカーのハンドルを握っている男の子と、汽車に乗っている女の子の他は、ふたりのお母さんだけ。

静かですね。

止まったままの観覧車、

「有形文化財、国内現存する屋上観覧車としては日本最古」

の木札がありました。

ベンチに掛けて見上げていると、お揃いの空色の半袖セーターに短い紺の半ズボンの息子たちを乗せてゆるゆる観覧車は回り始めました。

「次はあの自動車ね」

の声。観覧車好きは私で、ふたりは小さな自動車を運転したかったのです。

「お買い物の間お利口にしてたら屋上の遊園地に行こうね」

の殺し文句で連れて来たので、それくらいのサービスは仕方ありません。

「いいわよ」

と手を振る母親の私。遊園地は盛況で、どの遊具も行列でした。帰りはミルキー一箱ずつを嬉しそうに抱えて。


「もしもしお客さま、どうかなさいましたか」

の声。遊園地担当の店員さんでした。

「まあ、ぼんやりしててごめんなさい。あんまり懐かしくて。よく来てたのですよ、息子たちが幼い頃。今は文化財なんですね」

「ええ。平成十七年まで動いていました。はじめは昭和二十九年だったそうです。今も日曜と祭日の午後一時と三時に無人で動いていますよ」

「ありがとう。楽しかったわ」

隅のガラスケースにミルキーはなく、懐かしい〇〇キャラメルを二箱求めました。息子たちにですが、渡すことはないでしょう。

思い出の扉を開けるのは私だけで、おじさんになった息子たちは仕事に忙しいのです。

迎える年への楽しみ

今年も最後の月となりました。子どもの日、お正月を待つ時間の長かったことが信じられません。自分の行動は日増しにゆっくりになっていますのに、時の流れはますます速くなることが納得できない気持ちです。

この月、若い日は来し方を反省し、迎える年への抱負を巡らすときでした。いつの間にか、そんなこともなし崩しになっています。

「今年も無事でよかったこと、来年も無事でありますように」の一点だけの志の低さです。

それならばと一年をふり返ってみました。老いの体調には波のあることが解り、波乗り上手になって、遠出の旅ができました。でも、後は情けないことばかり。大根、キャベツに牛乳などを求めると、腰も膝もすぐに悲鳴をあげてしまいます。続いては同時進行の行動。どれかが疎かになって、失敗をいたします。加えて、忘れることが増えました。忘れまいとメモをして出かけた先で、メモを忘れたことに気付いたり、通り道にポストがあるからと書いた葉書を、玄関に置き忘れたりしました。旅の途中で帽子を紛失、スカーフもどこかへ置き忘れたようで、

「あの帽子はまた手に入れられる品だから」

「あのスカーフはもう二十年近く使って飽きてしまいましたから」

などと、こっそり負け惜しみをつぶやきました。

「あなた、水道のお水が止まっていませんでしたよ」

と偉そうに言った夜、

「手洗いの水出ていたぞ」

と注意されます。

「あなただって」

などとは言えず、苦い思いをいたします。

気付いたり気付かされたりしても、改めるのは難しく、迎える年がこうした失敗の少ないことと願うばかりです。

「重いものは何度にも分けることにいたしましょう」

「一度にふたつ以上のことをしないようにしましょう」

「忘れて出かけたら散歩だと思って、もう一度出かけましょう」
と、対策は立てました。

抱負に胸膨らませた日の何と遠くなり、志低くなったことでしょう。でもでも、老いてよいこともあるのですよ。どこへ行っても、どんな景色に出会っても、どんな季節が巡っても、何を観賞しても、またこの先何度もあることと思わないので、心に沁みて味わい深くなりました。

新年にはどんな味わい深いことに出会えるでしょうか。楽しみにしています。どうぞ皆さまもよいお年をお迎えくださいませ。

新年の日記帖

おめでとうございます。本年もよろしくお願い申し上げます。

新しい年を迎えて、日記帖も新しくなりました。迷った末に選んだ三年連記のスタートです。迷いのはじめは、

「もうやめた方がよいかしら」

の思いでした。何十年も続けてきましたので、日記帖が溜まってしまいました。残された者の難儀を案じます。むろんすべてを読む、などということはないでしょうが、

「捨て難いものを残されて」

と思案しながら、拾い読みをするかもしれません。反抗期の息子たちを、

「気が短い」

「落ち着きがない」

などと書いた日もあり、働き盛りの息子たちが読めば気の毒です。

最近は、そういう胸の内を吐くようなことは書かなくなりました。日々の揺れる思いを、ひとときだけ切り取ることを卒業しました。

今は、忘れることが多くなっての忘備録です。寒かった、暑かったや、出会った人、出かけた先などを様子を加えて記したメモのようなものです。それでも一日の締め括りの長い習慣を変えるのは難しく、結局続けることにしました。

次の迷いは、日記帳選び。昨年末に終わったのは、三年連記の三冊目でした。連記を選ぶようになったのは、冊数を増やさないためです。最初に連記を選んだ頃は体調不良で、入退院を繰り返していたので弱気でした。五年、十年の連

記を横目に、三年用を選びました。それがなんと三冊目も終わって、

「十年を選んでもよかったかも」

とこっそり。

けれど、今さら厚かましいことはできません。迷った末に、やはり三年用にしました。

「残さないでね」

と耳もとで囁く声に、

「ケチですから」

と囁きかえしています。

連記の二年目三年目は、書く度にふり返っていました。

「昨年は〇〇へ出かけて寒かったのね」

「△△さんとお会いした日」などなど。

今年の日記帖は、そんな過去の記録を書棚の奥に片付けて、真新しいページを前に前にと進めます。下り坂の日々ですから、残念なことや苦痛なときもあるでしょう。できる限りそういうことは篩《ふる》いにかけて、楽しいことごとを掬《すく》い残したいと思っています。

「今日は元気です。たぶん明日も元気でしょう」

と、呪文のように唱えて。

どんなこと、どんなものも「新《さら》」「真新《まっさら》」は気持ちのよいものです。


（「暮らしをつむぐ」二〇一二年十一月～二〇一四年一月）

私の少年の日

春の気配の中で

一年でいちばん寒い二月ですが、光は春を告げています。ガラス越しの心地よさに籠っていた続きで、つい油断をして戸外に出ると、

「春は名のみの風の寒さよ」

と口遊《くちずさ》む頃でもあります。

「地下鉄のホームまで五分」

は孫のことばで、私は優に十分。余裕を持って出かけます。途中にスクランブル交差点もあって、

「急げば渡れそう」

と思っても、駈けることなど叶いません。右からも左からも追い抜かれて歩きます。

けれど、ゆるりゆるり眺めながら歩いていると、

「まあ、こちらも、あそこも」

と、嬉しい発見です。

「もう少し色づくまで待ってほしかったわ」

と、秋早々の剪定にがっかりしていた並木のプラタナスの瘤《こぶ》のような切り口に、小さな突起が見つかりました。桜の花芽も、少し前までは点のようでしたのに、それとはっきりわかります。

「米粒くらいかしら」などと、つぶやいてみます。辛夷《こぶし》などは、つくづく小指の先ほどの蕾で、銀色の衣です。

「ねえ、ねえ、見て見て。木々は早々とすっかり春の準備ですよ」

と、追い抜いて行く人に声をかけたい気持ちです。でも、働き盛りの駅へ急ぐ人々は、ゆっくり眺めてなどいられません。私も昔はそうでしたもの。

「大丈夫かしら」

と、はらはら見ていた点滅をはじめた横断歩道も、そんな方々はするりと通り抜けてセーフ。

「いいなあ」

ゆっくりの私は、木々の枝、植え込みも眺めて歩きます。雨が降って新芽が伸び、また降って蕾が膨らむと思うと、胸も一緒に弾みます。若い日の忙しさの中では見逃し、味わえなかったことごとです。この季節のそんな様子を、密かに「春の気配」と名付け、その気配の中を歩いています。そう、気配ですから、慌ただしくしていては解りません。ホームへ電車が入って来る音を聞いても駆け降りることのできない者の解る気配です。木々草々はむろん、空の色、雲の様子、風の流れにも春の気配を探すようになりました。

眼も耳も鈍くなって、紙をめくる指先の感覚まで怪しくなっています。そんな中、迎える季節の気配は解るという発見は、嬉しいことです。

「アンチエイジングなんてつまらないわ。ナチュラルエイジングで楽しく暮らしましょう」

と、耳もとで囁く声。これも気配です。おまけのようなものです。

手書き

「え、え、えっ」

受け取った葉書を手に絶句いたしました。手書きのお礼状は文面も過不足なく、丁寧な文字です。

「お若い方ですのに行き届いたこと」

と嬉しくなりました。ところが、最後に、

「パソコンが故障をしているので手書きで失礼いたします」

と、添え書きがありました。

「え、え、えっ」

です。いつから手書きが失礼になったのでしょう。

テレビを観ていても、

「そんな日本語はありませんよ」

と気分を害し、理解のできないコマーシャルも増えました。先だってもデパートで、

「メール登録でしたら〇〇〇です」

と言われましたが、理解不能で、

「結構です」

と辞す情けなさでした。

「知らぬ間に私の暮らしの物差しは、世間と違ってしまったのかしら」

と、気持ちが乱れました。

案内や通知の郵便物が印刷文字であるのは、明確で大歓迎です。それが個人

の機器で簡単に出来るようになった進歩にも、

「よかったわね」

の心境です。でもでも、手書きが失礼という発想は、心を乱し、納得できません。

私宛の郵便物は、案内状や通知の書類以外、ほぼ手書きです。中には巻紙に筆書きの方もあり、自筆の見事な絵を添えてくださる方もあります。筆跡はむろん、墨の色、万年筆のインクの色にも個性があって、表書きを見れば、

「〇〇さんですね」

と解る嬉しさです。お忙しい方もというか、そういう方ほど手書きです。

先日、これまで巻紙に筆書きの方が、

「情報難民にならぬよう、パソコンを習いはじめました」

と、活字のお便りをくださいました。すでに情報難民である私は、感服敬服しきりです。それでもお便りの末尾の署名と表書きは筆書きでした。今はパソコンの文字も毛筆様の書体を選ぶことができ、案内状の表書きにも使われています。美しい文字ですが、お人柄までは伝わりません。

そうそう、

「文字の乱れで心情を察する」

という小説の中の文章もありましたっけ。

機器を自在にお使いのお仲間も、いただく私信は手書きです。嬉しいわ。お嬢さま、手書きが失礼などとは微塵《みじん》も思いませんよ。手書き大歓迎でございます。どうぞこの先パソコンの故障が直っても、手書きのお便りお待ちしています。

名人でございます

「歩いています」

「もう習慣ですよ」

お元気な先輩方です。

「毎日ですか」

「もちろん」

と清々しいお顔。四十分から一時間も歩かれるそうで、わが家からはどの辺

りまでかしら、と巡らしてみます。お元気の素はそれですね、と感服いたしますが、運動不足の自覚はあっても、

「では、早速わたくしも」

とならない不心得者です。

それでも、心して小さな用を見つけては外出の機会、歩く機会を増やしています。ポストまで、銀行まで、ドラッグストアまでと歩き、遠くから訪れる方も多いスーパーの隣に住みながら、駅の近くの八百屋さん、お花やさんに向かいます。

マンションの玄関脇に並んで、

「春ですよ」

「秋ですよ」

と告げてくれるのは、沈丁花と金木犀。今年もまだコートの手放せないうちに沈丁花が咲き始めました。その香りに後押しされて、外出に遠まわり、道草のおまけがつくようになりました。先は並木の桜の芽吹き花つき、ほころび具合のチェックです。開花予測をしてカレンダーとにらめっこいたします。お花見に歩くお伴を募る算段のためです。花吹雪の後は、菖蒲に紫陽花。百合は近

くの公園です。

思い返せば、遠まわり道草好きは子どもの頃からでした。近くの小川の土手は、菫《すみれ》、蒲公英《たんぽぽ》はもちろん、土筆《つくし》もたくさんあり、川を覗けば目高の群、おたまじゃくしに出会えました。スカートを広げて草に座って白詰草《しろつめくさ》を輪に繋ぎましたっけ。

季節を限らない道草遠まわりの先は、鞴《ふいご》の響く鍛冶屋《かじや》さん。竹をすいと真っ直ぐに割って笊《ざる》や籠《かご》を編む竹屋さん。木を組んで箍《たが》をはめて仕上げる桶屋さん。見惚れる手もとでした。

「暗くなるからそろそろお帰り」

と声を掛けられるまで眺めていたものです。途中に普請《ふしん》の家などあれば、大工さんとも仲良しになっていました。

そう、忘れていましたが、私は遠まわり道草の名人だったのです。

あの頃を思い出してもっと遠まわり道草をと思っても、大好きだった鍛冶屋さんも竹屋さんも桶屋さんもありません。淋しいわ。でも、今、立ち止まって眺めていたら、

「徘徊のお年寄りかも」

と心配されるでしょう。

加えて、花粉や黄砂、ＰＭ2.5などが舞って、

「必要のない外出は控えるように」

と出鼻を挫《くじ》かれます。

でもでも、名人ですもの、新しい発見を求めて、遠まわり道草には励むつもりでいますよ。

騒動

「こんなところに」

へたへたと冷蔵庫の前で、座りこんでしまいました。見つかったのは、台所で使うラップです。

「とうとうこんなことをしてしまったのね」

情けなさと悔しさがこみ上げてきます。

新緑の季節の朝は爽やかで、鼻唄でも出そうな気分で身支度を済ませ、台所

に立ちました。

「まだまだ現役の主婦ですよ、さあて」

と、使うつもりで手を伸ばしたら、いつものところにありません。定位置は冷蔵庫の上で、昨夜残りのご飯を包んだ記憶は確かです。

「ついでに何かしたかしら。違うところに仮り置きしたかも」

と、きょろきょろ。心当たりを捜し尽くしても見つかりません。若い日は、

「そのうちに出てきますよ」

と軽くやり過ごしていたことが、今は、

「見つかるまで許さじ」

のしつこさです。その間に情けない気持ちは増幅されて、息まで荒くなりました。それでも、朝の時間は駆け足です。

「朝の支度急いで」

と、もうひとりの自分が責め、気持ちを封じて朝食の用意にかかりました。

そして、さてお味噌を、と冷蔵庫を開けると、

「あっ！」

何と、ラップが棚に横たわっているではありませんか。へたへた座りこんで

しまったのは、記憶にないあまりのことへの動顛《どうてん》でした。年輩の母上の介護に通われる方が、

「何でも冷蔵庫に入っているのよ。お財布も、鍵も、お鍋の蓋《ふた》まで」

と嘆かれた声が浮かびました。動作がのろくなったり忘れ物が多くなったりした自覚は十分ありましたが、ラップを冷蔵庫に入れてしまった自分は許せません。ようやく心乱れるまま準備を終えて、朝食のテーブルにつきました。痛恨の思いは耐え難く、

「ねえあなた、私、壊れたみたい」

と言えば、

「何が」

「今朝冷蔵庫の中にラップが入っていたの。する筈のないことをしてしまいました」

と告げると、涙まで溢れました。

「ああ、あれか。寝る前に麦茶を取り出す折りラップが落ちた。どこに置くのかわからなかったので、とりあえず冷蔵庫の空いた所に入れた」

とすまし顔。

「どうしてそのことを言わなかったの」

と、若い日なら言い返したでしょうが、私はただただ安堵し気が抜けて、ことばも出ませんでした。

手抜き家電

「手抜き家電の特集です」と、夕方のテレビ。

「まあ、どんな欠陥が見つかったのでしょう」

手抜き工事手抜き仕事と、手抜きは欠陥につながるイメージです。けれど、画面のレポーターも家電売り場の店員さんも笑顔で、

「これが手抜き家電ですね」

「はい、あちらも」

「すごーい、いいですね。楽ですね」

見れば、セットをしておけば勝手にパンが焼ける家電品は、一時間をかけてイチゴのジャムも出来るそうです。他に歯を取り替えてさまざまに野菜を切る

もの、角の所が一度に吸引できる掃除機、材料を入れて通電すればにょきにょき饂飩《うどん》が出てくる家電品もありましたが、長さを決めてヘラで切るのは手作業でした。付ききりで長さを揃えるのは大変そう。

けれど、どうやら手抜きはお手間を省くこと、楽ができることのようでした。

「すごーい、すごーい、いいですね」

と賞賛されても、私はイチゴのジャムは行平鍋《ゆきひらなべ》と木杓子《きしゃもじ》で十五分ほどで作り、取り外して洗うのが面倒で、野菜カッターも手放して俎《まないた》包丁で暮らしています。道具任せといっても、その道具のお手入れはわが手ですし、どんどん増えては置き場にも困ります。節電にも反しますしね。

「お任せでその間、他のことができます」

と仰られても、心配性は通電したまま外出は出来そうになく、パンや饂飩はお好み次第で調達するのがいちばん簡単。調理時間の短縮は、できる限り腕を磨いて凌《しの》いできましたが、近々はその腕が鈍くなったのが口惜しい限りです。

手抜き家電の饂飩製造機で作った品に出来あいのめんつゆをかけて、

「美味しい、さすが出来たてですね」

と、レポーター嬢は歓声をあげていましたが、そのつゆこそ丁寧に出しを取って手作りしたい、と思う意地悪婆さんでございます。買っても作っても茹《ゆ》でるお手間は要って、あのこねこねをした道具はどんなお手入れが要るのでしょう。手作りしたい日々のお総菜《そうざい》を買い、パンや饂飩など買ってもよさそうなものに不足がちな電気を使って、しかも「手抜き」と称してお任せする矛盾。

家庭菜園も楽しむ姪っ子は、パン屋さんには遠い暮らしで、子どもたちに焼きたてパンを食べさせたいと、パン焼機愛用です。試行錯誤でマニュアルを超える挑戦も楽しそうです。これは「手抜き」というより「お手間をかけている」と思うのですが、如何でしょう。

私の少年の日

「ああ、この匂《におい》」

思わず目を閉じて深呼吸をしました。香《かおり》ではありません。これは紛れもなく匂です。夏草の匂、夏草の蒸《む》れる匂です。

並木も住まいの植え込みも繁って、草々も仲間入りして元気です。日盛りに外へ出ると、そんな辺りから蒸れた草木の匂が立ち上がってきます。雨上がりは一層です。私は、その匂の中で少年の日に戻りました。老女の身で少年の日があったなどと言えば不思議に思われるでしょうが、私には少年の日があったのです。

日向《ひなた》ぼっこの嬉しい季節は、人形遊び、お手玉に綾取り等々女の子の遊びで暮らしていました。けれど、暖かくなり裸足が嬉しくなると、外遊び、それも男の子たちの遊びの魅力に勝てなくなる子どもでした。

整備された公園や遊園地などとは無縁な時代です。焼け跡だらけの昭和二十年代前半は、誰が持ち主かも知れない空き地もありました。そんな時代の親たちが子どもに願ったのは、元気でよく遊ぶことだけです。護岸工事などない川辺、田の畦、木炭車がたまに通る道路も遊び場でした。焼け跡も、挙《こぞ》って遊べばそれなりの広場となり、小石や瓦礫《がれき》、雑草もものかは。下駄履き、裸足で草野球に狂じました。野球といっても粗末なボールを棒切れで打つだけ。ベースは釘で地面に描いていました。ミットやグローブを持っていた子はいたのでしょうか。器用なお母さん手作りの布製綿入れのグローブに、

「いいなあ」

男の子が九人揃えば出番のない補欠の中のひとりでしたが、毬《まり》突きの腕と熱意を買われて紅一点のメンバー入りを果たし、バッターになったこともありました。

ある日、私の打ったボールは仲間の頭上を越え、外野手の足もとを抜けて、ランニングホームランに。

「走れ、走れ」

の声援を受けて、履いていた下駄も途中に置き去りにしてベースを駆け抜け、ぎりぎりのセーフ。

「やった、やった」

と、草の蒸れる匂の中であがった歓声。目を閉じていると、草の匂の中で汗と混じった仲間の息づかいも戻ってきます。

集まった人数の少ないときは、ベースをひとつ少なくした三角ベースという遊び方もありました。ゴム毬しかなければ、それを掌で打ったりして。ボールを追って土埃《つちぼこり》を上げ、汗を流して遊んだ疲れを知らなかった日々。みな夏草の蒸れる匂の中でした。楽しかったわ。

私の少年の日でした。

暑いでしょ

「おやめになったら、暑いでしょ」

真夏日、猛暑日が続いて、街の中での首元の布が暑そうです。襟巻、マフラー、スカーフ、ショール、ストール、肩掛けやネッカチーフ等々呼び名はさまざまですが、首に巻いたり掛けたりは寒さ対策と思ってきました。真似てみたいおしゃれ巻きも、暑くなるまでのこと。

だんだん身体の自動調節が難しくなり、寒さにも暑さにも辛抱が足りなくなりました。寒さに向かえば真先に首筋が寒くなり、薄く軽いものから厚手大判のものへ一直線。そのくせ暖かくなればすぐに邪魔になってしまうのです。

「皺《しわ》が目立ちますよ」

の忠告も無視して、早々と首筋を開けてしまいます。大袈裟に言えば、ネックレスも暑いの。

ところがこの夏は首に巻くのが流行です。ショーケースの前では、

「如何ですか」

「首に巻くと暑くて」

とやんわり断れば、

「こちらは夏素材でございますから、反《かえ》って涼しいくらいです」

と、にっこり。でも、何もなしがいちばん涼しい、が長年の経験知です。

「紫外線対策にも」

ともお勧めですが、パラソルと帽子で凌いでいます。冷房の中に長く居る予定には、薄く軽い一枚を忍ばせていますが、夏使いといってもやはり寒さ対策でございます。

映画のヒロインなどが、衿の開いた素敵なドレスに軽やかにスカーフ等靡《なび》かせて歩く姿は大好きです。寒い日に大きなストールをくるりと頭から被るように巻いているのも魅力的。

けれど、真夏の街の雑踏で、GパンTシャツや量販店のジャージにスニーカー姿に、くるくる首に巻きつけていらっしゃるのは暑そうで、暑さが伝わってきそう。

いつか信号待ちで隣あったTシャツGパンにスニーカーの若い女性の首には、汗染みの浮いたヨレヨレの布。おしゃれのつもりでしょうが、端の房も汚れて絡んでいました。その上、待っている間もスマートフォンをせわしなく扱って、額を伝う汗を手の甲で拭って忙しそう。

「ねえ、その首に巻いた布、お外しになったら涼しいですよ」

と、声を掛けてしまいそうでした。汗取りのつもりで巻いておいでなら、いっそ工事現場の頼もしい方々のようにタオルがお勧めです。

お洒落は爽やかであってこそ。冬の「伊達の薄着」の対語は「炎天下のストール」かしらと、どちらも真似られなくなって、意地悪度ばかり高くなっているようです。

地下鉄の中で

「いやだっ！」

激しい口調でした。思いがけない返事に、年甲斐もなく戸惑ってしまいました。拒否は小学校低学年と思われる兄と弟のふたり連れです。足をぶらぶら揺らせて、地下鉄の中でのことでした。

目の前の優先席三人掛けに、老人と件《くだん》の兄弟。座席は三人掛けながら少しつめれば女性ひとりは十分座れます。

「子どもが小学校へ上がったら、乗り物では立たせるように」

は、母の口癖でしたので、

「お孫さんに教えるよい機会ですのに」

と、心の内でつぶやいていました。ひと駅が過ぎました。

「どうぞ」

と、その老人が席を譲って降りられました。

「ごめんなさい。お孫さんではなかったのですね」

と、胸の中で詫びました。車内は前の席のお顔が見え隠れする混み具合で降りぎわに、譲られた私の前に、小柄な同年輩の女性が立たれました。白髪頭の私が代わるのは不自然ですから、

「ねえ、あなたたち少しつめてね。もうひとり座れますから」

と、声をかけた次第です。ふたりの間には隙間があって、ふたりの先にも隙間があるのが解っていたからです。

「いやだっ！」

は、そのときの返事でした。これまでにも両側を空けて座っている人に、

「少しどちらかにおつめください」

と声を掛け、譲っていただいた経験は度々です。ちょっと不快なお顔もありましたが、

「ごめんなさい」

と添えてくださった方もあり、拒否の語調に件《くだん》の女性と思わず顔を見合わせました。私は自分の身体を一層端に寄せて縮め、

「どうぞ、十分おかけになれますから」

と勧め、女性も、

「ありがとうございます。では」

と。

「いやだっ！」

の語調の不快さを鎮めるには、お互いにそうするより仕方なかったのでした。

やがて最寄りの駅に着き、私は、

「お先に」

と立ち、

「お気をつけて」

と優しい声に送られました。

ドアに流れる人波に身なりのよい老紳士がおられ、ふたりの兄弟に、

「おい！　降りるぞ」

と、居丈高《いたけだか》な口調。先のやり取りはご存知だったのでしょうか。

紳士風のその方は、振り向きもせず大股で先を急ぎ、兄と弟は駆けながら後を追って行きました。その先を見届ける気にはなれず、人の流れに添いながら、得体の知れない澱《おり》のようなものが胸の底に溜まったままです。

着物の効用

「ルーブルもセーヌ川のクルーズも着物で行きました」

などと申せば、ちょっぴり自慢気ですけれど、実は口惜しさからの発想の転換でした。

「フランスに行こうか」

「行きましょう」

となる迄に、実に五十年を超える長い長い時間が過ぎました。十代の頃より小説、映画、唄の世界に登場するこの国は憧れの地で、

「パリの街を歩くのは真っ赤なハイヒールで」

と、夢見る少女でした。海外への旅など夢であった日の空想は勝手で楽しかったのです。

夢の叶うよき時代を迎えても、わが家には縁なき時が続きました。子育ての終わる頃に姑の介護を迎え、それを卒業するとわが身の大病、夫の仕事に追われる日々でした。身辺でお出かけの方々を羨ましく眺めている間に、ハイヒールもとうに卒業してしまいました。

残りの時間を思うようになっての俄《にわか》、大急ぎ駆け込み旅行です。気掛かりは互いの体力。私は最寄りの駅までの人の流れにも遅れをとり、階段ではよいしょよいしょです。旅行の日程表が届いての日々は、いかにお仲間に遅れずにすむかの思案の日々でもありました。

「ああ、もう少し若い日に行きたかったわ」

と、悔やんでも間に合いません。

島の教会巡り、印象派の画家の足跡を辿る折り、港町の散策などなどは、

「ゆっくりでごめんなさい」

と添えて、慣れぬウォーキングシューズで頑張ることにいたしました。

でも、でも、最後のパリ三日間は、長い夢の赤いハイヒールの代案がほしいものです。そんな勘案の末が着物でした。日頃よりストッキングが嫌いで、靴より草履が楽です。腰と膝の不安には、帯がコルセットの代わりを果たしてくれそうです。

加えて密かな願いは、着物は多少の遅い動作を見逃してもらえるのではないか、の思いでした。これは、日常での体験知でもありました。

かくして、ルーブルとセーヌ川クルーズを着物で果たしたという次第です。

結果は上々。

「どうぞお先に」

と、行く先を譲られたり、乗船下船に手を貸していただいたり、大切にしていただきました。着物姿は少しゆっくりでも、が通用したのです。

「キモーノ、と褒めていただいたわ」

と私。

「レディーファーストのお国だから」

と、素っ気ない夫の返事。

でも、着物はゆっくりの動作の免罪符にはなったのですよ。

ハードルを低くして

「今日は」

の出会いのことばに、

「お元気でしたか」

が添うようになりました。元気で当たり前の時が過ぎ、出会わなかった時間を気遣うようになったのです。それでも外出先でお会いできれば、先ずは双方万万歳《ばんばんざい》です。

少し前まではその後、

「通院中です」

「入院していました」

「○○が痛くて」

などなど体調不良の話題が続きましたが、近々は、

「お陰さまで何とか」

の後は、話題の変わることが増えました。下り坂の日々ですから、急に元気になったわけではないでしょうが、みなそれなりの折り合いをつけ、老い慣れた様子です。

自身を振り返っても、十年前の方があれこれ身体の故障を訴えることが多かったように思います。ずっと遠い日の大病の記憶が、自信を失わせていたようです。たいていは、

「加齢による不具合ですから心配要りませんよ」

と諭され、心休めの薬や湿布をいただいていました。そんな日々を通り抜けて、今は、

「この分ならしばらく様子をみましょう」

と、軋《きし》む身体に目を瞑《つぶ》り、楽しいお誘いには、

「今日は大丈夫」と足を運ぶようになりました。そのうちに不調が日常となっ

て、何とか暮れていきます。老い慣れたという実感です。

もう何もできないと、早寝の日もあり、若い方との楽しいお食事の後は、こっそり胃腸薬のお世話にもなります。重いものは持てず持たず、動作はゆるゆる、物忘れもものかは。

「明日もあるから」

と、ハードルをどんどん低くして暮らすようになりました。疲れた疲れたと思っても、それがいつ、何をした疲れかもはっきり解らなくなりました。

昔、建てつけの悪くなった雨戸も、慣れた祖母が手を添えてひょいと持ち上げればするする動いた手加減が思い出されます。わが身の軋むあちこちも、この手で参りましょう、の馴れあいです。同じ思いの方もおいでではないでしょうか。

過日、旅の道連れとなったご婦人が、

「よろしかったらどうぞ、効きますよ」

と、そっと湿布をくださいました。疲れたとも痛いとも仰らない方も、ご愛用の自己管理の品をお持ちと知りました。

とは言いながら、こんな日をいつまで続けられるかは解りません。姑と二十五年も暮らした身は、

「若い方のお世話にはなりません」

を禁句として、とりあえず老い慣れて、今日を凌いでいます。

老いざかりの年

十二月、今年も最後の月となりました。年々スピードを上げて月日が通り過ぎます。子どもの日の一年は、長い長い時間で、父母や祖母の、

「あっと言う間の一年」

などのことばに、

「うそ！」

と、心の内で叫んだものです。

いつの頃から一年が次第に短く感じるようになるのでしょう。そして、それは何故かしら、などと考えてみますが、埒《らち》のないことです。どちらにしても、十二月は一年を振り返る節目である気持ちは同じです。

「今年はどんな年でしたか」

と、問うてくださる方もあって、

「はて、私にはどんな年だったのでしょう」

と巡らしてみます。行き着いた答えは、

「老いざかりの一年でした」

出会う多くの方が自分よりお若い世代で、

「老いざかりですか」

と、納得したようなしないような怪訝《けげん》なお顔をなさいます。

花ざかりは文字通り見事に花の咲くときで、娘ざかりは女性として若く美しく華やかなときです。男ざかり、働きざかりということばもありますし、腕白《わんぱく》ざかりも浮かびます。

というわけで、「老いざかり」は、老いという状態のまっ盛りのことでございます。体調は常に下り坂で、あちこちが痛んだり、動き難かったり。何かと失敗も増えますが、忘れることには慣れて、失敗したことを忘れることができます。勘違い、思い違いは得意で、同じ本を二冊求めてしまったり、忘れまじと買い求めた調味料が、つい少し前同じ思いで調達していたこともあります。思い込みも激しくなり、投函した筈のハガキが見つかることも。でも、今やもう驚くことはありません。

つまり、そういうことに驚いていたのは「老いはじめ」で、今はよくあることと受け入れて折り合いをつけています。それでも家族の食も衣も住まいのあれこれも引き受けて、わがペースで暮らしています。そんな老いを受け入れて、老いに胡坐《あぐら》をかいて暮らす日々が、「老いざかり」でございます。

お若い方々は、

「そんなことでよろしいのですか」

と、歯痒《はがゆ》くお思いでしょうが、何しろこちらは「老いざかり」ですもの、

「うふ、ふ、ふ。そのうちに解りますよ」

の心境です。

こんな日々のつれづれごとに今年もおつきあいくださり、ありがとうございました。

どうぞよいお年をお迎えくださいませ。

ささやかな目標

明けましておめでとうございます。

新年のご挨拶も十二回目となりました。何でもない暮らしのあれこれを綴らせていただき、それをお読みくださいましたこと、改めて感謝申し上げます。

昨年は、帰らぬ旅発《だ》ちをされたり、人さまのお世話を受けられる方が身近に多くなりました。私も次の新年はありやなしやの思いがちらちらして、無事な越年を寿《ことほ》ぎたい気持ちになりました。

思い返せばここ数年、体力の衰えに胡坐《あぐら》をかいて、

「老い慣れました」

「老いざかりです」

などと自嘲気味に、暮らしのハードルを下がるにまかせてきました。お年賀を交わせなかった方々を懐かしく思い出しているうちに、

「小さくとも目標を持とう」

と、久しぶりに殊勝な気持ちがわきました。確かにできなくなったことだらけですが、家の中ではまだ歴《れっき》とした主婦です。その中での目標を、

「出来る限り手間暇をかけて暮らすこと」

と、定めました。

何もかも効率優先の時代となって、家事のあれこれも「手抜き」「時短」などのことばが声高です。手間をかけない方法と時間を短くする方法の特集に出会っているうちに、意地悪の血が騒いだのかもしれません。ハードルの低さは同じでも、気持ちは随分違います。高い所のこと、重い物扱いも諦めず孫世代を頼りましょう。頼むことはお手間をかけることですもの。

大掃除は無理でも小掃除を。日常と少し違うプチ掃除は、忘れ物、忘れ事、不用品発見の好機です。ウォーキングではなくプチ外出に励みます。ポスト、本屋さん、花屋さん、食材調達。近くの並木や公園の花や紅葉にも足繁く。電話とセットのメモ用紙は、枕元にもテレビの前にも台所、洗面所にも。

「何でしたっけ」の解消です。折角ですからチラシの裏は卒業して、素敵なメモ用紙にいたしましょう。

などなど、途中の手直しや追加はむろん可ですが、放棄はルール違反といたします。一覧表の余白はまだ十分あります。それぞれ達成しましたら、花まるをつけましょうか。息子たちが園児の頃、毎日の出席表に花まるの増えるのを楽しみにしていました。

懐かしい日々です。

わが小さなことごとの予定項目に花まるの並ぶ図を想像しています。乞うご期待でございます。そんなことの途中経過や感慨を綴れる日もあるかもしれません。

本年もよろしくお願い申し上げます。

蕗の薹

「まあ、何でしょう」

小さな包みをかかげてみました。

ふわ、と軽いこと。

送り主は楽しい時間をご一緒するお仲間で、包みを解きかけると、もしや、の香《かおり》です。

見事な蕗の薹が五つ、トレーに並んでいました。幼子が両手を合せたような葉の中です。

「まあ、まあ、もう」

寒い寒いと縮めていた胸の奥が解かれる思いです。

「今年は少し早いようです……」

と、短い添え書き。

春になりきって、無造作にビニール袋に詰められてスーパーにも並ぶものとは、別の姿です。季節をうんと先取って、葉にくるまれた蕗の薹を一列に並べて郵送してくださるとは、何と粋な計らいでしょう。

彼女は毎年蕗の薹をくださいます。ある年は、出会った折りにそっと手渡しで。またある年は最寄りの駅まで乗り継いで。そして今年は、まだまだ寒のうちに郵送でした。

嬉しいこと。

外は寒風が過ぎていても、ものかは。わが家はひと足もふた足も早い春です。夫と二人の夕どきとなりました。蕗味噌にして風呂吹き大根にのせ、ずっと細切り柚が続いた椀にも散らせました。予定を変更して天婦羅にも加えて。

「春はそこまで」を知らせる味と香を小包に、という発想は見事です。振り返って私でしたら、ついでに何か一緒にお届けするものはないかと身辺を探し、あれもこれもと脈絡なく加えて、素っ気ないただの小包にしてしまったことでしょう。彼女の「早い春」を明確に届けるという才覚に脱帽し、贈物はかくありたい、と学びました。

徒然草の中にも、「よき友は物くるる友」とあるように、物を贈りあうのは心通わせ、贈るのも贈られるのも嬉しいことです。形骸ばかりの盆暮れの習慣と、虚札廃止がさけばれながら、バレンタインデーやホワイトデーなどを楽しむ方が多いのは喜ばしいこと、と気付きました。

旅先でのショッピングの折りなどに、

「これはあの方のお好み」

「こちらは〇〇さんが喜ばれそう」

などと巡らすのは、ほんと、楽しいことです。

年重ねれば長いお付き合いの中で、あの人この人のお好みも伝わっています。それらは楽しみのエキスなのですね。

嬉しい蕗の薹から、贈る楽しみ、いただく楽しみ、贈り方のあれこれまで再発見し、学びました。

楽しみ上手になりたいものです。

ブランコ

「揺れたいわ」

と、横目で過ぎたブランコ。ひと回りして戻ってきました。小さな外出を心がけての日々、家から五、六分の公園です。

「やっぱり揺れましょう」

風のない三月の午後は、広場も芝生もみな光の中です。夏には百合が誘う場所のずっと奥に、四席ずつのブランコが二基。手前は背当て胸当て付きの幼児用で、どれも若いお母さんを伴って揺れていました。奥のごく普通のブランコ四席は漕《こ》ぎ手はいません。空《から》のブランコは淋し気です。

「ごめんなさい、そちらよろしいか」

長い脚にGパンがお似合いのお母さんたちに声をかけて、ブランコに腰を下ろしました。立っても座っても漕ぐのは得意でしたのに、もう叶いません。爪先で後に下ってぱっと足を浮かせます。身体は前に揺れ、後に戻ります。仰いだ空も揺れています。

「ああ、この感覚」

嬉しくて何度も何度も揺れました。

「いい気持ち。満足、満足。ブランコ好きでしたもの」

と、立ち上がると、周囲の空気が少し変です。眺められているような、背《そむ》けられているような。なあに。もしかしたら嬉しくてひとり笑《え》んでいたのかもしれないと、さすがに恥ずかしくなりました。

目札ひとつ、ブランコを離れると、小さな駆け足が迫ってきて、

「バイバーイ！」

私もふり返って

「さようなら」

男の子はお母さんに制止され、お母さんたちは不安の表情でした。ブランコに夢中になっていた間に何があったのでしょう。

「お若い方はお若い方の何かがおありね」

私は三月の光を浴びて至極上機嫌、満足でした。

その日の夕どきです。ニュース番組の最後は、

「迷子と同じように高齢者には周囲のひとりひとりが気をつけてあげましょう」

と、ある町の徘徊をするお年寄りを救う取り組みを伝えていました。

「もしかしたら」

ブランコの折りの若いお母さんたちの戸惑いの表情を思い出しました。ペットも小さな孫も伴わないでの公園巡り。その上ひとりでブランコに揺れて喜んでいた白髪頭です。心配をしてくださったのかもしれません。

「ありがとう。まだ大丈夫ですよ」

と、ちょっと可笑《おか》しく、切なくなりました。

親切はする方も受ける方も難しいものなのですね。

でも、三月の光の中でブランコに揺れるのは、爽快でした。

ランドセル

ピカピカの一年生。四月を迎えて、少し早い小学校の下校時でした。真新し

い立派なランドセルが背で揺れています。笑い声、囁き、小さなスキップ。初々しくかわいいこと。

「どうぞこのお子さんたちに平和な日々が続きますように」

思わず祈っていました。

私の入学は昭和二十年、終戦の年でした。戦争末期の物資不足で、ようやく調達できたランドセルは、厚紙を重ねたような頼りない形ばかりのものでした。

「雨に濡れたら壊れそう」

と、母は案じましたが、使い続ける日々は続かなかったのです。

ランドセルを背にしたおかっぱ頭の写真が一枚残っています。ショールカラーの短いワンピースは、裾出しの横線が残ったまま。ソックスにズックの靴。ランドセルの脇にはハチマキが下がっています。胸に縫い付けた白布の名札には、住所と血液型も記されています。誰もが血液型まで記さねばならなかった、悲しい時代でした。

学校も小学校とは言わず、国民学校初等科一年。国定教科書の国語は、カタカナでした。最初の見開きいっぱいに、朝陽に向かって両手を挙げる子ど

もの姿があって、

「アカイ　アカイ　アサヒ　アサヒ」

次の頁は、

「コマイヌサン　ア　コマイヌサン　ン」

あとは記憶にありません。ランドセルで通学できたのは、夏休みまででした。七月はじめに父が応召され、不在の中で八月十五日を迎えました。

住んでいたのは、当時満州と呼ばれた植民地です。街の中央での暮らしは恵まれていましたが、敗戦国民となった日を境に、危険から身を守るだけの暮らしになりました。日本人の学校は消滅し、女性や子どもは外へも出られない中で、誰もが学校のことなど忘れたままでした。

暴動にあって暮らしの多くを失いましたが、シベリア送りを逃れて帰った父も一緒に、翌年の夏、引き揚げ船で帰国しました。あの粗末なランドセルの末路は解りません。

一年間の空白の後、二年生二学期に転入した小学校は、焼け跡のバラック校舎でした。ランドセルを持つ仲間はいたのでしょうか。風呂敷包みで通学していた男の子の姿を覚えています。私は、母の手作りの帯芯の袋でした。

ランドセルと私の何と短い日々だったのでしょう。
敗戦と言っていたのがいつの間にか終戦と言われて七十年。
立派なランドセルのお子さんの後を歩きながらの思い出です。
（「暮らしをつむぐ」二〇一四年二月〜二〇一五年四月）

夢を見る

母の着物を解く

「この縫い目、ひと針ひと針あなたが縫ったのね」

乱暴に解《ほど》きかけていた手が止まりました。

「いつか着ましょう」と取り置いていた母の着物を解き始めたのです。

夏も冬も着物で出かけることの多い私は、古い羽織を帯にしたり、着物をコートにすることはありましたが、

「着物は着物として着ます」

という主義でした。ところが、年来の友人が着物リフォームの素敵なコートで現れ、

「いいなあ、私も」

と仲立ちを頼み、わがコートも実現することとなりました。

「解くのも洗うのもご自分でね。生乾きでアイロンを。自分で水を通しておけば、後々の手入れも自分でできますから」

は彼女。洗い張りも仕立て直しも他人任せの私への忠告です。

「袖の下、身八口《みやつぐち》はしっかり縫われていますから、気長に丁寧に」

のアドバイスも。何ごともいい加減で済ませる私を、知り尽くしておられます。素敵なコートに変身するのですもの、励みますとも。という次第で、黒に臙脂《えんじ》の樹肌模様のお召しの着物を解いています。

母の仕立ては思いの外頑丈で、ほんと、袖の付いている身八口あたりは堅固です。仕立ても出来ない私は、解く順序も解りません。人目に触れない陰の部分に、さまざまな糸目の手当があり、それが仕立て上がりを支えていることも知りました。

「見えないところこそ大事なのですね」

と感心し、何ごとも表面だけしか見えなくなっている現代社会の危うさを、案じたりもしました。

決して上手とは言えない、母の残した手仕事に感心感服し、労りたい気持ちです。

「あら、あの頃はどなたもしていたことよ」

と、言われそう。

母は祖母と一緒に、冬の間重宝していた袷《あわせ》の着物や父の丹前を解いて、伸子《しんし》張《ば》りや板張りをして、夏の間に仕立て直していました。そうそう、父の留守をねらって、新緑の広くもない庭の木の間を、伸子張りが揺れていましたっけ。面白そうで、子どもの私も志願して手伝いましたが、竹ひごの先に針が付いているような道具を弓形にしなわせて布を張らせるのは、難しいことでした。

遠い日、母の手がひと針ひと針進めた縫い目を解いていましたら、懐かしさ、恋しさ、切なさがひとつになって迫り、糸目がぼんやり霞みました。

針箱の隅には、母が鈴を付けてくれた、もう使えない握り鋏も残っています。

叶わぬ思い

「逢わせてあげたかったわね」

心の内でつぶやきました。二十代の母と末妹のふたりです。私は長女で、妹と弟がふたりずつですが、すぐ下の妹は逝ってもう十年余り。三姉妹の一角が欠けたのは淋しいことです。

末妹との年の差は十年あり、子どもの日に遊んだ記憶はありません。年齢差だけではなく、終戦の年に入学をした私と、戦後に生まれた団塊世代の妹は、育った世相、環境が大きく違っていました。

面倒見のよい祖母が常に一緒でしたから、特別の日であったのでしょうが、小学生の日、妹をおんぶして遊び仲間に加わり、缶蹴りをした記憶は鮮やかです。

月日が流れ、お互いに家庭を持ち子どもを育て、孫を持つ身となりました。人生の荒波は気紛れで、十年の年の差を飛び越えて、昨年妹は寡婦となりました。突然のことです。老いの日は、ある時期増えていった身内を失っていく日々でもあったのです。

その忌明けの席での夫の提案。

「ふたりで旅行に行っておいでよ」

そんなことがあって、かつて三姉妹で出かけた小旅行を、ふたりで復活させました。三人のときは行く末の話題も出ましたが、今回はただただ思い出話ばかり。

年長の長女として君臨していた私は世話やきで、頭の上がらない存在であったようです。今も私の中では「妹」意識ですが、妹の中での私は、老いて庇《かば》わねばならない存在になっていました。本当に庇われてばかりの道中でした。

戦前の暮らし、戦後の状況、家族の歴史と、妹のもの心つく前の、知る限りの記憶を伝えたいと思いました。妹の話してくれた私の去った後の家族の様子は、知らなかったことも多く、新鮮でした。同じ両親のもと同じ家族として暮らしても、それぞれの時代の姿があったのですね。十年の隔たりの、思った以上の大きさも解りました。

幼い日、私の教育係、躾係であったしっかり者の祖母が、妹には老いて手を貸さねばならない人でした。晩年の親の姿の記憶は同じですのに、もの心ついた頃に出会った親の姿には隔たりがあったというのも、発見でした。母は神戸で生まれ育ったハイカラさんであった、と話しても、妹はその姿を浮かべることができません。妹の知る母は、戦後大家族を抱えて奮闘していた以降です。

私が好んで浮かべる懐かしい二十代の母に、妹にも逢わせてあげたかったと、叶わぬ思いを巡らせました。

ことばづかい

「郵便番号をお聞きしてもよろしかったでしょうか」

は、受話器の向こう側の声です。

告げなかったらどうするのでしょう。

「ええっ」

と気持ちが乱れました。物品を注文して送ってもらうのですもの、送り先を告げなかったらどうするのでしょう。

「よいか」と尋ねる不思議さに、戸惑ってしまいました。

身辺にもネット利用のお取り寄せで買い物をする人が増えました。そういうことに縁なく暮らし、何でも見て触れて確かめなければ気がすみません。それがどういう風の吹きまわしか、美味しそうな食品の広告に靡《なび》いてしまいました。

「家ではこうは出来ないわ」

と感嘆し、固定電話でフリーダイヤルに頼ったのでした。

「よろしかったでしょうか」

と聞かれて戸惑いながらも郵便番号を告げると、

「それでは次にご住所を教えていただいてもよろしかったでしょうか」

と。その後も、名前に電話番号にと、みな、

「よろしかったでしょうか」

と尋ねる口調です。

「よろしくなかったらどうするの。発送できないでしょう」

の気持ちを封じて答えると、復唱をした後で、

「以上でよろしかったでしょうか」

と仰いました。

「よろしい、よろしい」

とほっとしたものの、

「これまでは何だったのよ」

と、突然怒りに火がついてしまったのです。

「あなた、先ほどから『よろしかったでしょうか』と言い続けられましたけれど、よろしくなかったらどうなりますか。私は送っていただきたいのですよ」

と、年甲斐もなく声も裏返っています。相手は、怪訝《けげん》そうな声で、

「はあ、お送りできませんからお聞きしたのですが」

「その通りです。送るには聞いてくださるのが当然で、私は伝えるのが当然です。『よろしかったでしょうか』と尋ねるのは変でしょ。復唱の後の使い方はいいですよ」

と、余計な一言も。

「はあっ」

と困憊《こんぱい》が伝わります。われに返って、

「もういいわ。とにかく、お願いしますね」

と頼めば明るい声で、

「ご注文ありがとうございました」

で、一件落着。

小さな集まりでこのことを話題にしました。

「あら、丁寧に対応しているつもりですよ」

「はいはいと答えてあげればよろしいのに」

と、みな優しい。

「とうとう通販デビューなさったのね」

とも言われましたが、その「〇〇デビュー」ということばも、実は苦手でございます。

暑い夏

「まあ、きれい」

「お見事ですね」

気持ちが変われば、見方も違います。地下鉄の車中、膝に揃えた手の指先、つり革につかまる指先、そしてたくさんのスマホやケータイに触れている指先の爪の飾りです。

キラキラ、ピカピカもあり、よくまあ小さな爪の中に、と感心する見事な飾りは、ネイルアートだそうです。ネイルサロンへ通い、ネイリストと呼ばれる方に施してもらうのも至福の時間とか。そんな長い爪、付け爪は、可愛い模様あり、奇抜なデコレーションもあって、小さな宇宙です。今や若い方々ばかりでなく、年配の方も。

「いいですよ。どうぞ、どうぞ」

と、寛大な自分に驚いています。

少し前は、同世代が爪を飾っているのに出会うと
「もう卒業では」

と、心の中でつぶやき冷やかでした。母たちは「贅沢は敵」を標語に、窮屈な暮らしを強いられ、老いの姿の規範もあった世代です。私は、そんな姿を見て育ったので、心のどこかで憧れながらも規制をする意地悪でした。

それでも、子どもたちの巣立った頃、マニュキュアをしたこともあります。赤い爪も「いいなあ」と思った一瞬がありましたが、剥げかけた赤い爪のウェートレスに出会って、食べ物に触れる者は駄目と。

透明なマニュキュアも、ある日緊急搬送された病室で、

「酸素量りますからマニュキュア落としますね」

と、ゴシゴシされておしまいに。

以降、洗濯バサミのような酸素測定器のお世話になり、復活をしないまま、飾りの似合わない老い姿になっています。でも、人さまは別です。

先日も、母娘二代ならぬ三代に渡るキラキラ爪一家に出会いました。

「育児も家事もあの指で出来るかしら」などとは思いますまい。みな世が平和でなければあり得ない姿です。ひと先ず、わが身の年代としての手遅れは棚に預けて、

「いいですよ、いいですとも。美しいもの、楽しいことを追って暮らせるのは、

平和である証ですもの」

と、つけ爪、長爪の飾りにもすっかり寛大です。

乗り物の中で、揃ってスマホやケータイに触れている人たちにも、

「あなた方は、一朝事あるときは、いちばん大変な世代なのですよね」

と、情が移ります。

蟬が鳴いています。あの日から七十年目の夏です。今年の夏は、ことばに尽くせないほど暑い夏です。

できません、できました

「えっ、どうして」

もう一回。

「そんな筈ないわ」

ともう一度。

三つのお手玉を宙に投げて巡らせる遊びが出来ません。子どもの頃から得意で、

「ほら、見て見て、上手でしょ」

と、一年ほど前には孫に自慢をした腕前です。これ迄にも何年かのブランクの後試しましたが、気持ちよく宙を遊んで、腕は覚えていました。

それが、久々に見つけ出して何気なく遊びましたら、宙に放ったお手玉は掌に戻りません。

「あら、座ったままがいけないのね」

と、立ち上がってもだめ。

「どうしてどうして」

と、何度試しても出来ません。次の日も、また次の日もだめでした。

「こうして老いると何だって出来なくなるのね」

と思い、

「きっと他の何かも同じように出来なくなっているのでしょう」

と、唇を噛みました。淋しくて、口惜しくて、情けない納得でした。

お手玉は私の着物の残り布で六つ作り、三つは妹の病室へのお見舞いにしました。

「半分ずつだからね」

と、枕元に。十年以上も前のことです。どちらが上手と競った妹は、もう遊ぶこと叶わず、眺めていただけで逝きました。あのお手玉はその後どうなったのか、すっかり忘れていました。

未練がましく机の隅に置いたまま、十日ほどが過ぎました。ふと手にとって、「ねえ、○○ちゃん、私も出来なくなったの。ほらね」と繰りました。するとどういうことでしょう。お手玉はつながって、

三、四、五、六。

ひょい、ひょい、ひょい。

ぎこちないながら出来たのです。あまり気落ちをしていたので、妹が助けてくれたのかもしれません。

でも、もしかしたら、老いの衰えは一様ではなくて、ある日出来なくなっていたことが、何かの拍子に身体が思い出し、出来る日があるのかもしれません。老いた、という自覚は、諦めさせる力が強いのではないかしら。などなど、都合よく思うことに致しましょう。何かが出来なくなったと気付いても、気落ちしない暮らしをめざします。

「多いですよ、そういうこと」

と、耳もとで囁く声がありますけれど。

そのまま出来なくなってしまっても、

「今回はやっぱり」

と諦め、ある日ちょっぴり出来たなら、

「まあ、嬉しい」

周囲も自分も期待をしないのですもの、気楽でございます。

名前考

女の子の光里《ひかり》ちゃん、妃音《ひめね》ちゃん、菜花《なのか》ちゃんに風華《ふうか》ちゃん。結南《ゆいな》さん、百花《もか》さん。凪璃《なかれ》、月人《がっと》は男のお子さんの名です。

小学生の名前の並ぶ記録に出会う機会がありました。どの名もみごとに眩しいような文字です。キラキラネームというのだそうです。

名前はその時代を映す鏡です。戦時に育ったわが世代には、平和を願い幸を願って、和子さん、幸子さんの同級生が幾人もおいでした。「子」のつく名が大方で、「江」「枝」「代」も多い方でした。男性は逞しく強そうな文字が好まれていました。

テレビ登場の間もない頃、むろん白黒画面で「おトラさん」という番組を観ていました。落語家演じるおトラさんは、頭に小さな髷をのせ、割烹着姿のお婆さんでした。

「お婆さんは女性なのにトラなんて変ね」

と言う私に、祖母は、

「長生きの難しかった時代は、丈夫に育つようにと女の子にも強そうな名をつけましたんや。トラさん、クマさん、カメさんとか」

「私の女学校の仲間は、雅子さん妙子さんなど佳き女性への親の願いを背負っていましたよ」

と添えたのは母でした。その母は珍しい名に出会うと、嬉しそう、羨ましそうに、

「宝塚みたい、おしゃれね」

とつぶやきました。

平和や幸を名に負わせなくてもよく、ひたすら美しく、愛らしく素敵な響き

をと名付けることのできる時代は、きっとよい時代なのでしょう。今年の夏から秋への世相を眺めていて、一層その感を強くしました。

さて、その素敵な名前に「海」一字の女の子と出会って、

「何とお呼びするのでしょう」

と、遠慮がちに尋ねましたら、

「まりんです」

と、ポニーテールが揺れました。若いお母さま方は、難なくお判りになるのでしょうか。私には字面《じづら》の文字は解っても、何とお読みしてよいのか難儀です。

昔、恩師は出席簿を前に、

「名前は誰もが間違えずに読めるのがいちばん」

と繰り返されました。

ジョージくん、ジュリさんは世界でもそのまま通用する呼び方で、色々な漢字を当てて人気の名だそうです。

やがて将来は、お婆さんの名もキラキラキラネームが占めるのでしょうね。その後は、お墓の墓誌の俗名もキラキラと。お彼岸のお墓参りの折りの寸感です。

どうぞ、そんな日まで平和が続いていますようにと、願わずにはいられません。

おいなりさん

「う、ふ、ふ。上出来、上出来」

お味見は作り手の特権です。久々の気紛れで、稲荷鮨を作りました。母や祖母はおいなりさんと言って、子どもの頃はご馳走でした。お祭りや運動会のお弁当にも定番でしたが、遠足はおにぎりだったかしら。

食生活が豊かになり変化し、喜んでくれた子どもたちもとうに巣立って、忘れていたおいなりさん。急な思いつきは分量も怪しく、酢飯が残りました。

「ならば巻き鮨も」

と、玉子に胡瓜、ベランダの大葉を刻み、浅蜊の佃煮も刻んで、急場凌ぎの具材です。巻き鮨の切り口を上にして、献上伊万里の大皿に盛り合わせ、自家漬け生姜も添えました。何でもない助六鮨ですのに、

「この嬉しさはなあに」

懐かしい遠い日が戻ってきました。嫁ぎ来た年の秋祭り、半世紀を超える昔

です。姑も義妹も一緒の住まいでのお祭りは、親族の集う日で、実家の親も仲間入りしました。お祭りのご馳走は家で作るお鮨。作り手は嫁の役どころ、つまり私でした。

稲荷鮨、巻き鮨、鯖の棒鮨、木枠に入れて作る押し鮨。それ等を古い半切《はんぎり》三つか四つにぎっしり作ったものです。

あの日の巻き鮨の具は、干瓢、椎茸、三つ葉、玉子、そして薄いピンクの魚のでんぶでした。でんぶは今もあるのでしょうか。

鯖の棒鮨は、姑の口利きで得た新鮮な塩鯖を三枚にし、まずは生酢に漬け、その後皮を剥ぎ小骨を除いて新たに甘酢に浸して一晩。酢鯖にしたものに酢飯をのせ、棒状に整えて竹の皮で固く巻いてまた一晩。五、六本は作りました。

押し鮨は使いこまれていた木枠に酢飯を詰め、あみの佃煮、椎茸、蓮根、ここにもでんぶをのせ重しをして、これまた一晩です。

お祭り当日、それ等を常は使うことのない古い大皿に、庭のはらん、南天の葉もあしらって盛り合わせました。談笑とともに大勢で囲んだ日が夢のようです。懐かしいわ。

私はあのとき、どれほどのお米を炊き、どれほどの時間を費やしたのでしょう。お鮨はお重に詰めて、お土産にもなったのです。

「みな〇〇子さん作」

と姑に褒められ、持ち帰った実家では、

「あの子が作ったのやなあ」

と、祖母が涙して食したと聞きました。体力も気力も満ちた日々でした。

久々のわが家の助六鮨。思い出という味を添えて、今日は白髪のふたりだけ。

「いただきます」

年用意

平成二十七年も最後の月となりました。

「一年の何と早いことでしょう」

「あっという間の一年でした」

などなど、この時期の挨拶に添えられることばです。幼い日の一年は長く、
やっと巡ってくるお正月を待ちかねてましたが、今は、

「まだついこの間でしたのに」

が実感です。

「早く来い来いお正月」

は子どもの気持ちを歌っているのですね。それに、遠い日のお正月は今とは違う特別な日でした。

思い出を手繰っていましたら、

「年用意、年用意」と囁く祖母の声が聞こえるような気がしました。十二月を迎えると、お念仏のようにくり返していました。

年用意とは、新年を迎えるためにいろいろ支度を整えることです。あの頃の年用意は、煤払い、畳替え、障子張り、外回りの掃除や繕い、お正月用の買い物、松飾りや注連飾りの調達に、新年用の家族の衣類の準備などなど。下着から靴下足袋、普段の下駄まで新年は新調の時でした。私と妹は、肩上げ腰上げの晴着の丈合わせが嬉しいことでした。

さて、今のわが身に照らしてみました。十三階の暮らしとなって、大きな様変わりです。煤払いも畳替えも障子張りも、垣根や庭など外回りの清掃繕いも不要です。お店を一軒ずつ巡った買い物も、デパートかスーパーで簡単に調達できます。年中無休のコンビニもあります。はや、お餅はお正月だけのものではありませんし、おせち料理も外注花盛りです。

心改めるための区切りにと、お正月を特別の日として迎えたいと、気持ちは世間に抵抗していても、現実が老いの身を楽にしていることも、認めないわけには参りません。夫調達の外注おせちも拒まない妥協ぶりです。

「伝えて、手使いもさせていましたのに」

と、先の代はがっかりしているでしょうか。

「その後の変化は、そのうちまたお会いした折りに」

と、心の内でつぶやいています。

それでも、年末には一緒に台所に立ってくれる嫁を相手に、昔話をしながら、黒豆、田作り、伊達巻などなどわが家のおせちも作ります。今年も間もなくです。昔の年用意を話せば、

「思い出には美化装置が付いているから」

と、素っ気ない男孫。孫世代の思い出には、何が残るのでしょう。

今年も一年お付き合いくださり、ありがとうございました。どうぞお健やかに、よいお年をお迎えください。

ままごといたします

明けましておめでとうございます。

子どもながら敗戦も戦後もくぐり抜けてきた身には、世相のざらつきが気がかりです。加えて、友人知人の彼岸への旅立ちも増え、一層わが身の恙無《つつが》い越年を、天に地に感謝しています。

昨秋のことです。健康寿命というお話をされた方に、

「今も炊事など家事はなさいますか」

と問われました。

「はい、いたします。代わり手がありませんから」

と、少し恨みがましく答えました。

「それはそれは結構です」

と仰るのでつい加えて、

「でも何をするにも時間がかかるようになりました」

と加えれば、

「それはなお結構なことです」

と。立つことで足を鍛え、脳を刺激するので、座る時間を短く立ち時間を増やすのがよいそうです。どこでもすぐ座りたい私は不服ですが、昔の井戸端会議や立ち話はよいことで、健康と効率のために会議室から椅子をなくした会社もおありとか。

「そうなのですか」

家事をなさい、は老いを旗印に手抜きとなる近々の身を見透かされたようなご託宣です。

簡単に水も湯も出て、ボタンひとつで煮炊きも叶い、汚れ物は洗濯機任せ。

「お風呂が沸きました」

と、電子音で湯はりを告げられている日々です。

井戸水を汲み、薪を割り、炭を熾し、竈《かまど》での炊飯、盥《たらい》と板で屈《かが》んでの洗濯、叩《はた》きに帚《ほうき》と雑巾の掃除などなどの昔を思います。

「大変だったわね」

と、祖母や母に遅まきながらの労《ねぎら》いを。ほんと、運動量は大違いです。そういう難儀をひとつひとつ克服してきた結果が栄養過多と運動不足で、スポーツジムやプール、サプリメントの花盛りとは合点のいかないことです。サプリメントは食わず嫌い、ジムやプールには老い過ぎました。

ですから、

「家事に時間をかけるのは結構」

を、福音といたしましょう。

「お姉ちゃん、ままごと好きだったじゃない」

は、逝った妹の言いそうなことです。

「そうねえ」

老いの先は短くても、子育ても親の介護も終えた一日はたっぷりの時間です。ままごとの続きを年頭の旗印に掲げましょう。気の変わらないことを念じます。

「子どもの日にもどったように」

「新婚の頃に戻ったみたいに」

を呪文に唱えようと思いますが、これは鏡のない場所がよろしいようです。

私はサマンサ？

「う、ふ、ふ。わたしがサマンサだったらね」

ご存知の方はおいででしょうか。古い古いテレビの外国ドラマ「奥さまは魔女」の奥さまです。彼女がピクピクと鼻を動かすと魔法がかかり、夫もその力を知りません。ハッピーな日常生活のあれこれを、好んで観ていました。そして、これまでにも、

「私がサマンサだったら○○したいわね」

と、何度思ったことでしょう。

そんな思いが今回は地下鉄の中でした。大学生風の若い方々が、七人掛けシートを占拠していました。彼、彼女らの手には、とりどりのスマートフォン。全員夢中で指を滑らせ、笑み、舌打ちをし、時折隣にもたれかかったり、見せ合ったりしています。どうやらゲームに夢中の様子で、かつての遠足帰りの園児のような無邪気な表情です。どんな年輩者、障がいのある方が前に立たれても、目も上げないのですから気付きません。

最近私は親切な若い方に恵まれて、「どうぞ」と席を譲られてばかりで、若

者の前に立つのが気の毒に思うほどです。でも、その日は大丈夫。白髪頭も杖の人も、彼らの目には入らない様子です。

そのときでした。私は一瞬、

「サマンサになりたい」

と。あの若者たちの手のスマホを、鼻をうごめかせて茄子や胡瓜に変えたなら、と悪戯心が起きました。絶叫するでしょうか。とり落とすでしょうか。吊り革につかまって揺られながら、頭の中を愉快なドラマが展開していました。スマホが使えなくなった後の彼等の様子を浮かべます。

「うふ、大困りね」

魔女は意地悪婆さんになったのでした。使えないことを知らせたくても叶いません。約束があっても、待ち合わせの場所は「どこでしたっけ」ではないかしら。忘備のメモの数々、予定も予約も、きっとあの中でしょう。

「さあ、どうなさいますか。大変ね」

でも、もし本当にそんな事態が起きたなら、今の世はどうなるのでしょうか。私の古いケータイは、電話の子機を持ち歩いている状態ですが、それでもやはり困りそうです。便利な文明の落とし穴が心配になりました。意地悪婆さんなどになってはいられません。文明の壊れるときは、平和が壊れるときなのではないかと思いつくと、怖くなりました。

「大丈夫。わたくしサマンサではありませんから」

雛の日に

三月三日、今日は雛まつりです。朝刊一面の左端、平和の俳句、

「満州のペチカで焼かれ雛哀し」

に涙しました。そして引き出しの奥から二枚の写真を探し出して眺めています。角の傷んだセピア色は、悲しみの色です。

段飾りの雛に並んだ幼女の私は、四つ身の晴れ着の袂を、座った膝の前で重ね、その上に両手も重ねています。倒れないように、後で風呂敷包が支えていた、と何度も聞かされた写真です。もう一枚は、妹と並んで、晴れ着のふたりの髪に、母好みの大きなリボン。

平和の俳句は、この二枚の写真を思い出させ、妹と私のお雛さまの末路を思

い出させたのです。

最後のひな飾りは昭和二十一年の春。前年の敗戦とともに、満州で棄民となって引き揚げを待っていました。開拓団ではなかったので恵まれた暮らしをしていた分、反転の差は大きかったのです。隠れて息を潜める中、祖母の発案で密かに雛飾りをしました。桃の枝もひし餅、雛あられもありません。むろん晴れ着の記念写真もありません。

雛を飾っていたある夜、一帯が暴動に遭いました。隣り組の家族と屋根裏に隠れて不安な一夜を明かしました。満州の三月は寒かったはずですが、その記憶はありません。掠奪の音が絶えた後の家の中は荒れ果て、緋毛氈《ひもうせん》はなく、雛たちは手足も首もちぎれて、ゴミと化した家財の中でした。

そんな雛たちを祖母と母は拾い集めて風呂敷に包み、後日裏庭で灰にしました。

「引き上げるときの荷物はリュックひとつずつ。どうせ持ち帰ることは叶わなかったものです」

となだめられても、私はぽかんと眺めていました。あちこちの欠けた内裏さまも五人囃《ばやし》も紙のようには燃え上がらず、燻《くすぶ》るように煙を上げていました。

母は妹を抱えて泣いて見送りましたが、私は口を結んで見ていたと、後日祖母に言われました。

「あんたは強い子になるんや」

と祖母は私の肩を抱いていたそうですが、私に記憶はなく、

「強い子に」

ということばだけが、気弱になる折り、呪文のように囁きかけます。

あの日、空へ昇っていった雛の煙を見送った母や祖母はむろん、あどけなく私の隣に座っている写真の妹まで逝ってしまいました。

戦後生まれの末妹は、雛を燃やした哀しい思い出のない代わりに、雛人形そのものを特に持たないまま、老婆になっています。

夢を見る

「おばあちゃん」

と、呼びかけたところで目が覚めました。掛け布団を少し下げて、顔をひと撫でしました。明け方一度目覚めた後のうとうとの中でした。どういう場面で

あったかは思い出せません。だんだん記憶に力が欠けて、夢の中まで曖昧です。

子どもの頃から夢はよく見たようで、

「この子は夢の中で鳥になって飛んでたとか、魚と一緒に泳いでいたとか言いますのや。羨ましいなあ」

と、祖母が何度も言っていたのは覚えていますが、はて、

「私はそんな夢を見たと告げたのかしら」

と、夢は思い出せないのです。出来ればもう一度そんな夢を見たいものです。

きっと現実を超えたそういう楽しい夢は、子どもの日の特権だったのでしょう。

それでも夢はよく見る方で、かつては、

「〇〇の夢を見ていたの」

等いそいそ夫に告げることもありました。

「私もたまに夢をみるが話すほど覚えていない」

と、話にのってくれません。

いつか赤いハイヒールの後を歩いている夢を見て、

「夢もカラーよ」

と告げた折りも無視されました。食べ物の夢は、さあ食べようとした瞬間に

目覚める、と聞いていましたが、私は、

「美味しかった」

と、食べてしまった夢を見たことがあります。

子どもの日、夢の話を嬉しそうに聞いてくれたのは祖母で、怖い夢、悪い夢を見たと告げると、

「夢いうのは逆《さか》さです。それはよいことの裏返しです」

と慰め、

「こんないい夢を見た」

と告げると
「それはまさゆめや」

と、こちらも喜んでくれました。

少女の日は夢占いの本に頼り、学生時代は夢を詠んだ歌を暗記し、フロイトの夢解きにも出会いました。祖母に告げることのなくなっていた日々です。

ある頃は、夢の記録をつけてみようか、と思いましたのに、最近は夢も淡くぼんやりになって、記録するようなストーリーも場面もありません。お陰で、追いかけられたり、高い所に取り残されたりの怖い夢からは解放されましたが、

夢の楽しみも少なくなっています。覚えているのは、誰が一緒だったかばかりです。家族、友人知己もありますが、いちばん多いのは祖母で、次に両親、妹、姑などです。

思えば既に鬼籍の人たちです。

「待ち受けてくれているのかしら」

時刻表好き

「○○行ってみたいわね」

「行こうか」

「そうね」

と、私たちの旅は日々の会話の流れの中で、ふと決定いたします。夫の日程優先ながら、

「その日はダメ」と、自己主張も叶う年輪を重ねてきました。

列車の時刻表は愛読書の一冊です。交通新聞社発行の「全国コンパス時刻表」

は、ＪＲ全線全駅掲載で、私鉄有料特急全線全駅全列車、国内線航空ダイヤも載っています。何より嬉しいのは、最初の数頁に国内の索引地図があって、目的地までひと目で解ることです。改定されると気紛れで求め、今は何代目でしょうか。ネットの時代になって、売場では小さくなっています。とはいえ、私は鉄道マニアでも時刻表マニアでもありません。ただの好きです。

さて、〇〇へと旅先が決まれば、

「列車はお任せあれ」といそいそ引き受けて、時刻表を相手に楽しみます。並んだ文字や数字は小さいのでルーペを頼り、定規を当て、赤鉛筆で印をつけながら、路線、乗り継ぎ、所用時間を調べ、最寄りの駅から到着までをメモします。はや旅の楽しみの前哨戦です。時刻表のあちらこちらに付箋のつく頃には、ドラマや映画で出合った地名駅名とも巡り合い、小説の中の場所も、

「この沿線でしたのね」

と、親しい場所になります。目的地、日時を入力して簡単に用の足りるネット派にはない楽しみかな、と思うのは、負け惜しみかもしれません。

お宿当番は夫で、こちらはお任せですから、知己に頼ってのネットなのかもしれませんが、

「ありがとう」

でございます。

旅のお相手が年来の友人のときは、宿の予約も電話で、

「対応のことばづかいで滞在時の居心地が解りますもの」

という古典派です。お宿も列車も決まったら、列車の切符入手は私の役割で、
最寄りの窓口まで出掛けます。最近の窓口の方は親切で、

「どうぞよい旅を」

「お気をつけて」

と添えてくださる方もあり、よい旅になる予感が致します。

その後出発までの楽しい日々での要注意は、チケットその他の紛失。どこに置いたか仕舞ったかが解らなくならないための注意です。大事にと思うものほど紛失させるようになって、互いに、

「〇〇はあんたが持っているな」

「△△はあなたです」

などと言ったり言われたりの確認の日々。気温対策に互いの常備薬と、時刻表からの旅の序章は長いのです。

お見事

「まあ、何とよい光景でしょう」

幸せな気持ちが身体中を巡ります。

慎もうと努力していても、老いると愚痴、僻《ひが》み、小言、腹立ちが増えていま
す。地下鉄の階段をトントントンと弾みをつけて抜き去って行く若い人に、

「羨ましいわ」

の後で、

「あなたにも老いは訪れるのよ」

と、つぶやきたい性悪です。

それが、今日はすかっとよい気持ち。

「お持ちしましょう」

と、聞こえたわけではありませんが、おふたりの間では、きっと交わされて
いたに違いありません。地下鉄の改札口を出て、地下街へ通じる短い階段の上

です。

ウォーキングバッグ、ショッピングバッグ等と言われる、身体を支え、荷物を運ぶによい滑車付きバッグを持つ老婦人が戸惑っておられました。階段では取っ手を持ち上げなければなりません。そのとき、若い女性が私の横をするりと抜けて、ご婦人に声をかけ、バッグを持ち上げ、寄り添って階段を降りられました。降りきったところで取っ手を返し、軽く一礼して先を急がれた姿は、ブラウスにスカート、形のよい長い脚でした。

仕種の自然でさわやかだったこと。

「あなた、いい方ね」

と、告げたい気持ちですが、私の足では叶いません。それに、そんなおせっかいこそ、大きなお世話でございます。清々しい幸せな気持ちは、心の内で増殖しました。

同じ日の帰り道でした。私の降りる地下鉄の最寄の駅の近くに、小さなスクランブル交差点があります。歩道からは少し段差を踏み降ろします。青信号で一斉に渡りはじめると、先方の年輩の男性が、身体を支える手押し車に頼って渡ろうとされていますが、段差の何かが邪魔をしているようです。押したり引いたり。すると、足早に渡り切って行き過ぎていたGパン青年が引き返して、手を貸されました。老人は前進、青年は人波に戻って先を急いで行かれました。

「ああ、よかった。ありがとう」

も、心の内で。渡り終えたご老人はちらと振り返って、青年の姿を探す様子でした。

「ありがとう」

が読み取れました。

若い世代に喝采です。然《さ》りげなく手を貸して、さっと去られる姿の恰好のよいこと。

お見事。

小さな親切はこうでなくては。

「今どきの若者は」

は禁句に致しましょう。

老人の威丈高、傍若無人ぶりにも、少々気が引ける昨今です。

思い出はほろ苦く

「風鈴ねえ」

夕どきのテレビの画面です。昔を再現して売り歩く青年の姿に、子どもの日を思い出しました。伯母所有の古い木造二階家に、風鈴がふたつありました。戦後の窮した時代でした。

「鉄の重い音がいい」

は、釣鐘型南部鉄贔屓《びいき》の祖母で、

「明るく軽い音が好き」

と、母はガラス派でした。二階の物干に続く軒と、一階の濡れ縁の上が定位置でしたが、どちらが祖母好み、母好みであったかは思い出せません。

掃除機など存在しない時代です。掃除のはじめははたき掛けで、母は時折乱暴に風鈴にも掛け、下がって揺れる短冊が千切れることがありました。母はまだ三十代で、私も小学生でした。

そんな忙《せわ》しない掃除を終えると、

「〇〇子、ここに何か書きなさい」

と、厚紙で短冊の代わりを作り、長女の私に渡すのでした。

「何を書くの」

と問えば、

「何でもいい。面倒ならへのへのもへじ、でもいいのよ」

と。私はその投げやりな口調が癇に障って、へのへのもへじなんか書くものか、と気の利いたことばを探すのでした。私の動作も荒くなっていたのでしょう。

「高尚なことをゆっくり考えたらいい」

は、祖母でした。「高尚」ということばも解りませんでしたが、私の気持ちを取りなしてくれているのは解りました。母は、祖母の娘でした。

五人の子どもを持つ戦後の暮らしの中で、ちょっぴり心の荒れる折りもあった母の気持ちも、とりなしてくれた祖母の気持ちも、今なら解ります。解るということは、切ないことでもあります。

久々に風鈴を求めてみましょうか。南部鉄、ガラス、どちらがいいかしら。先だって、デパートのエスカレーターから、売り場が見えていましたっけ。などと巡らせましたが、

「はて、どこへ」

十三階の効率優先の住まいに、風を受けて風鈴を吊るすに相応しいところはありません。涼は、ポンとリモコンのボタンを押してお任せです。

「ついこの間まで寒さのために働いていましたのに」

などと文句も言わず、風力も風速も私の命ずるままの働き者です。

見えない風を音に捉えて、涼味を届けてくれた風鈴。

少し前ならば、思い出はその形や音色への郷愁でした。今は、懐かしい人たちの心模様を、ほろ苦く思い出させてくれます。

（「暮らしをつむぐ」二〇一五年五月〜二〇一六年七月）

母のカップケーキ

家の味の伝承

昔は、みそ汁一杯、うどん一杯にもその家の味があった。そして、その味は、作り手の多くであった女性の暮らしを通して伝わることが多く、少しずつブレンドされて伝わったのではないかと思う。つまり、自分の家の味を、伴侶の家の味と混ぜあっていくというように。

たとえば、私の育った家では、おせちの黒豆は豆だけをふっくりと煮ていた。幼い頃から、おせちの黒豆とはそういうものだと思っていた。

ところが、今は亡き姑は、その中に一センチほどの輪切りのゴボウを入れてほしいと言った。以来わが家の黒豆にはゴボウが加わったが、これが美味であった。私は、美味しい味をひとつ加えて、得をした気分である。

多分、育った家と新家庭の味の違いをいちばん感じるのは、普段のみそ汁とお正月の雑煮ではないだろうか。

わが家は、毎年息子たち二家族と一緒に正月の膳につくが、今や何もかもミックスされた、まさに雑煮である。私の実母の神戸風に父親の尾張風が混じり、そこへ姑の好み、私の勝手な都合と好みを入れ、「何風」とはとても呼べない。

関西人の嫁たちふたりは、「もち菜」なるものを知らず、珍しがった。しかし、今やそれも彼女たちの調達による。間もなく、ふたりの味が濃くなるだろう。嫁たちの登場で、ここぞと力を入れたいわが家の味がある。

冬の沢庵《たくあん》漬けである。

正月を食べ始めの目安に十一月末か十二月最初の日曜日が、毎年漬けこみの日となる。五、六本を一束にした大根を、寒風に百本ほど干す様は、なかなかの壮観である。

自分の足ほどのみごとな大根が、上下でくるりとつながるほどに水分が抜けたら、漬け頃である。昔は、木の樽であったが、今はプラスチックの容器に代わっているのが、少し淋しい。

糠、黄ザラメ砂糖、タカノツメ、昆布、塩は瀬戸内の粗塩《あらじお》に限る。そして、わが家の一番のかくし味（とてもかくれてくれない臭いを放つが）は、ニンニクのスライスをたくさん入れることである。

実家の分、義妹の家の分、わが家の分と、かつてはひとりで三軒分を漬けこみ、十日ほどで水が上がったら、それぞれに引き取りに来てもらっていた。

よろこんで食べてくれた母も亡くなり、義妹のところも姑、連れ合いも逝って、分ける所がなくなるかと思えば、今度は息子たちの家族ができた。そして、何より嬉しいことに、今や私は陣頭指揮をとるだけで、嫁たちが大奮闘してくれる。

「大根が漬け頃になった」と知らせると、嫁ふたりと孫がやってきて、わが家の沢庵の漬けこみとなる。

「今年の大根は……」などと、品定めをしながら、樽の底に干した大根の葉の切り落としを敷き、糠、塩、黄ザラ少々を混ぜたのをたっぷりかける。そこへほどよく干し上がった大根の大きさ太さを見はからって、樽に添わせてびっしりと敷きつめる。その上に、糠、塩、黄ザラ、タカノツメ、ニンニクのスライスをばらまく。孫が小さな手で、「このくらい?」と母親をふり返って、あらかじめ細切りにしておいた昆布を入れていく。また大根を並べる。樽の上までそれを何層にも重ね、最後にもう一度干した葉を敷きつめ、糠、塩、黄ザラ等をしっかりふり、重しをしたら出来上がり。あとは、水の上がるのを待つばかりである。

自家製は防腐剤など入れないから、寒くならないと困る。嫁たちは、この日から冬らしい寒い日を期待して、自家の分を自動車に積んで持ち帰る。

「まだちょっと大根辛いね」のことばとともに、お正月に集まって、初出しを味わう。

大寒の頃から美味しくなる。

冬の沢庵漬けは、下の世代を加えた、わが家の行事となった。

「もう大丈夫みたい、来年はわたしたちだけでもできそう」と、嫁たちは頼もしい。孫もまた、沢庵とはこうして出来るものかと、昆布を手に参加するであろう。

私がいなくなっても、この味は少しのアレンジをされながら、「わが家の味」として伝わっていくにちがいない。

（「あじくりげ」一九九八年十月号）

おへぎ

天井から何本もぶら下げられていたのは、干し柿状に薄切り餅がつながったもの。私と二つ違いの妹は、その下でひとつの布団で寝ていた。昭和二十年代は、半ばのことである。

ひとつ布団で寝ていたのは、仲良しのせいではない。戦後間もない頃で、伯母を頼って外地から引き揚げてきた一家八人、ひとりずつ寝るには布団が足りなかったからだ。

けんかした後は、背中合わせで辛かったが仲良く遊び続けていた夜は、もぐって「しりとり」と称してお互いをくすぐりあうなどと楽しいことも多かった。何よりも有難かったのは、ストーブなどなく、暖は火鉢に頼る暮らしの中で、ふたりひとつの布団で寝るのは、冬には実に具合よかった。家は古い伯母の借家ながら、一軒家であったから、当時としては幸せな方であったと思う。その古い家の、ふたりの寝室に当たっていた北側の部屋は、薄暗く、天井に化粧板がなくて、梁《はり》がむき出しになっていた。

年の暮れ、伯母の一家とそれぞれ総出で餅つきをした。つきたての一部は、ちぎってその場でほうばるのだが、餡《あん》は貴重品で、黄粉にころがして食べたが、大人は大根おろしで食べていた。どうしてあんなものが美味しいかと、小学生のわたしたちふたりは、黄粉専門であったが、今なら多分大根おろしを好むであろう。

鏡餅、のし餅と作って、最後は青のりなどを入れて保存用の餅菓子を作った。ついた日は柔らか過ぎるので、切り頃をはかって三センチ四方ほどの薄切りにする。それを紐《ひも》に見たてた藁《わら》の間に二枚ずつはさんではねじり、はさんではねじりして、干し柿のような餅の短冊を作った。藁は近所のお百姓さんからの調達であったろう。出来上がったのを、天上の梁に釘を打ってぶら下げていく。すぐにも食べたいが、そこはがまん。よい具合にかりっと乾燥するのを待つのである。

布団から出した顔の上に、幾すじも下がっている餅の群れは、物のない時代、実に心豊かな光景で、食べる日が待ち遠しかった。

サッシでぴったり外気を遮断した現代の家は、結露など出来てとても無理であろうが、当時の家は木と紙のすき間風自由の造作だった。北側は、冬になるとそのすき間風を避けるため目張りをした。建具のすき間を通り抜ける風対策に、細くテープ状に切った紙を張りつけるのである。わが家の目張りの材料は常に古新聞であったから、インテリアコーディネートなどということばのとび交う現代では、考えられないことだ。それでも、当時は「花より団子」で、寒さ対策の古新聞での目張りは、祖母の手によるわが家の冬の風物詩のひとつであった。

そんな家であるから、天井に下げられた餅は、何日か経つと、かびることもなくよい具合に乾燥し、少し透明になって、反《そ》りが出る。

「ああ、もう少しで食べられそうだなあ」

毎夜、顔の上に眺めては、おやつとして火鉢であぶられる日を待ちかねた。

わが家では、それを「おへぎ」と呼んでいたが、正しい名は未だ知らない。

やがて、ひとふさずつ下ろされて、おやつの折りに、火鉢の上であぶられた。

もちろん、火鉢の囲りには、妹や弟の顔が揃っていた。

炭の上に五徳《ごとく》(足が三本または四本ある鉄製の輪で、火鉢に入れてやかんをかけたりするもの)を据え、金網をのせた上に、一枚ずつ並べて待つ。火はやや遠火になるのがよかった。

熱くなったおへぎは、ある瞬間、パッシッと音をたてて、倍ほどに広がって焼き上がる。火にあぶって縮むするめは悲しかったが、こちらは大きくなるのだから嬉しかった。

しょうゆを刷毛ではいたりもしたが、少し塩味のおへぎは、そのままでも香ばしくて、思い出の中でもつばがたまる。

食べ頃は、小正月の頃だったろうか。

家中総出で作ったおへぎが、ぶらぶらとさがる下で、姉妹でひとつ布団で寝た日々は、現代では考えられない図だ。

あの頃、母の日も、父の日も、子どもの日も、敬老の日もなかったと思うが、毎日が「家族の日」で、幸せであった。


（「あじくりげ」二〇〇〇年一月号）

母のカップケーキ

至極美味《おい》しかったという記憶ではないが、忘れられない懐かしい味覚がある。

子どもの頃、戦後はまだ物不足の時代であった。秋の遠足や運動会のおやつに、さとうきび、ふかし芋、庭でとれた柿などが幅を利かせていた時代でもある。

母の手製のカップケーキなるものが、わが家のおやつに登場することがあった。当時としては、しゃれた見た目に嬉しい品で、作り手の機嫌のよい折りだけに恵まれた。

カップケーキなどと、母は得意気にか、または名で味をカバーするための方便にか呼んでいたが、簡単に言えば蒸しパンの類《たぐい》である。

不揃いのコーヒーカップやティーカップに小麦粉を溶いたものを入れて蒸すだけだ。小麦粉も、メリケン粉と呼び、甘味料には、サッカリンやズルチンもあった。今はリスクが解って姿を消したが、当時は、砂糖不足を補ってよく使われていた。膨らませるために使っていたのは、ベーキングパウダーなどと呼ばないふくらし粉。

ボールも泡立て器もなかったが、ないからできないという発想もなくて、大きなアルミ鍋と菜箸《さいばし》が活躍した。鍋の中に、小麦粉、ふくらし粉、甘味料、わずかな卵などを入れ、四、五本の菜箸を上手に使って、水で溶き混ぜ、膨れ上がる量を計算に入れて、カップ七分目ほどに流し入れた。

カップが足りないときは、湯呑みも動員されたが、卵がたっぷり入っていたら、もっと美味しかったのにと、今さらながら口惜しい。病気見舞いの何よりの品が、もみがらに埋まった卵という頃である。

七分目ほどの種を入れたカップを、二段の蒸し器に並べ、ガーゼや晒《さらし》の布巾《ふきん》をふたに嚙《か》ませて蒸し上げていたが、子ども心に、ふたの上に、ちょんとつまみ上げられている布巾を怪訝《けげん》に思っていた。

上がった湯気が中に落ちない工夫と知ったのは、後日、主婦になってからである。

火種は七輪の炭火。時折火口を覗《のぞ》いてはしぶうちわが揺れていた。

まだか、まだか。

待つ時間は、いつも長い。

あち、あちっ！

と、指先を耳たぶにあてがいながら、鍋摑《つか》みなどの用意もなくて、乾いた布巾でカップをつまみ出すと、七分目ほどであった種は、山となって盛り上がり、中央が弾《はじ》けて、花が咲いたようになっていた。時には、小さな賽《さい》の目に切ったさつま芋をのせて蒸すこともあって、そんなときは、さつま芋の黄色が、花の芯のように見えたりした。

カップが少し冷めると、母は竹串で内側をひとまわりさせて、ポンと掌《てのひら》に受けて取り出す。

演出好きな人で、妹や私が花型に切って遊んだ色紙を取り置き、できるだけ洋風な皿を選んでそれを敷き、その上に、取り出したカップケーキをのせた。

何でも溢れる時代を迎え、私は美しいペーパーレースに出合うと、自作の切り紙を思い出す。

私たちは、手摑みで一刻も早く食べたかったのだが、今なら骨董品になっていそうなフォークを添えて、全員の分がちゃぶ台に揃うまで、おあずけであった。コーヒー、紅茶はむろんのこと、ジュースなども入手困難な時代である。ラムネやミカン水なら上等で、砂糖湯が一緒のこともあった。

暑い季節は冷たくし、氷屋さんから求めたかち割りが浮き、寒い季節は、ミカンの輪切りが浮いたりもしたのは、レモンの代用であったのだろう。

ペーパーレース代わりの花切りの色紙が、いつも裏返しに敷かれるのを訝《いぶか》ったら、

「今は紙も染料も悪いから、食べ物に色が移らないため。濡らしちゃだめよ。お皿にも色移りするから」

と言われ、それならば敷かずともよいのにと胸の奥で反抗していた。

私にとっては、花より団子の時代である。

街を行けば、美しさ美味しさを競ったケーキがいっぱいの時代。

いつも誘惑に負けて幸せを満喫しているがカロリーオーバーが気になって、一瞬ひるむとき、何故か誰かに申し訳ない気持ちがよぎるのは、あの母のカップケーキのせいであろうか。

（「あじくりげ」二〇〇〇年十月号）

こんにちは、季節の器

そろそろ箸置は桜にしようか。まだしばらく、このまま椿を楽しもうか。桜に替えたらぽってりと厚い志野や織部は奥に、双魚向きあった薄手の青磁の皿は手前がよい。

季節の移って行く頃は、小さな楽しみが増えて嬉しい。

秋に幅を利かせたススキの志野の角皿、紅葉《もみじ》散らしのねずみ志野の大皿は、ともにすっかり眠りの季節。

新年の祝いの膳で晴れがましかった、鶴の浮いた角皿も、今年の出番はもう済んだ。

今は、春待ちの皿や小鉢が気にかかる。

たいして大きくもない、夫とふたり暮らしの戸棚の、あれをこちらへ、これをあちらへの思案は、知らぬ間に時が経つ。

お久しぶり、こんにちは。

去年、この小鉢に、菜の花の芥子和《からしあ》えが似合った。今年は、セリのお浸しに、削りたてのおかかを山と盛ろうか。


日が長くなって、春一番が吹いたのは先週。

春待ちの午後は、耳もとをかすめるのに、シュトラウスのワルツがいい。

ふ、ふ。

紅葉の食器《うつわ》を出す日のBGMは、なぜかピアフのシャンソンだった。


「へぇーっ、季節で食器替えるのですか」

どういたしまして。ほんの少し、場所を移動させるだけ。

季節の食器が前に出て、季節外れはその他大勢となって、奥に隠れて次の出番を待つ。それも、すべてが私の独断。夏のガラス器は、去年秋風とともに、どこへ隠してしまったのか、今は姿も見えない。

四十年近くも昔、私は、たいした覚悟もなく主婦となった。主婦の座を巡る嫁姑は、他所《よそ》さまの話。わが家の姑は、その日から私を主婦に据えてくれたので、覚悟の足りない新まいは焦った。

朝食、片づけ、洗濯、掃除。昼食、買物、風呂の準備。夕食、片づけ、布団敷き、等々。

薪《まき》を割っての風呂焚き、初期の炊飯器は下に点火の押さえがひとつだけ。瞬間湯沸かし器も、湯沸かしポットもむろんない。洗濯機は一槽で、脱水のローラは手廻しだった。タオルも肌着も、一枚ずつ伸しイカのようになって出てきた。

目まぐるしく、追われる一日。

何たる惨。

この日がどこまで続くのかと、暗たんとした遠い日。

と、風が運んだような、甘い囁《ささや》きの一瞬。

「〇〇子さん！　あなたママゴト遊び楽しかったでしょ。そのママゴトを、本物の材料で毎日できるのよ」

焼き魚はこの長皿に、筆ショウガも添えて、サラダは小花の大皿に、漆塗りのサーバーを添えよう。

「片づけ仕事」ということを、このとき捨ててそれからの日々、私にとってはママゴト遊び。

そんな歴史の長い果てが、季節毎《ごと》の食器とのご対面、「こんにちは」の挨拶となった。ママゴトであるから、私は何だって惜し気がない。わが家のこととてたかが知れているが、思い悩んで求めた品も、桐の箱に納めて紐をかけ、どこかの奥になどということはない。まずは、夫と二人の日常に、何より優先して、気に入りを使う。

「私たちは、はやロスタイムの人生、使わずじまいは食器に失礼」

年を重ねると、言い訳には事欠かない。

かくして、清水の舞台から、の気持ちで夫と求めた皿も鉢も、わが家では、奴ドウフ、フロフキ大根、キンピラゴボウが、大きな顔で鎮座する。

(「あじくりげ」二〇〇一年三月号)

わが家のおしながき

意外に家事が性に合っていたのね、と悦に入ったのは、何十年前のことであろう。

家事はままごと遊びの本物篇、楽しくない筈がないと粋《いき》がったり、主婦は家庭のコーディネーターと豪語していたのに、最近の私は家事に対して元気がない。

最初に嫌になったのは掃除。

子どもも巣立った老いのふたり連れは、ともに視界も危くなっているから、

「ま、今日はいいか」

と、四角い部屋を丸くどころか、上手に手を抜く。

それでも、揃って食いしん坊で、料理は最後の砦《とりで》となったが、今はそれとて、よいしょの掛け声がほしい。

食べてくれる人が多かった頃は、張り合いがあったのだけれど、ふーっふ。

嫁おすすめのフードカッターも、ふたり分の調理なら、長年使い込んだ自分

の腕の方がよほど速い。

キンピラゴボウに焼き茄子。大根おろしを何にでものっけて、昔は嬉しくなかった茗荷《みょうが》を歓迎。

コショー、ガーリック、タイムにセージの香辛料は出番が減って、山葵《わさび》、生姜、山椒が巾を利かせる。

「今夜は何?」と聞かれても、トンカツだの八宝菜などと明確な答えができなくなった。この老人指向、華やかさジリ貧を、何とか挽回せねばと思う。

夕刻、灯籠に火の入る料亭のおしながき、刺し身のつまのひとつまで並んで、「ご馳走」と、私の食欲をそそる。

そう、わが家にも。

日頃食べているゴマ豆腐だって、先付として、花山椒、カボスはなくとも、茗荷、レモンを記せばよい。お土産に頂戴した貝柱やあさりの佃煮、若狭の小鯛は、前菜にもお造りにも使用可。サンマの塩焼きも、器を気取って、大根おろし、自家製筆生姜と書き添えれば、いつもと同じながら立派な焼物。煮物は肉じゃが。切り落としだって松阪牛。じゃが芋、玉ねぎには産地を書こう。ありきたりのキュウリ、大根の一夜漬けにお土産の赤カブを加えて、香の物も三種。水菓子と仰々しいが、なに季節の果物。梨と巨峰でよいが、大切なのは常のようにたくさん出さないこと。梨は二切れに巨峰を二粒添える。止椀は、白飯と赤出しで料亭並み。

かくて、

先付　胡麻豆腐　茗荷　レモン
前菜　蛇腹胡瓜　刻み茗荷おかか和《あ》え
　　あさり　貝柱　玉子焼　青唐
椀盛り　揚出し豆腐　山葵餡《あん》　白髪葱《ねぎ》
お造り　小鯛　生わかめ　大根　土佐醤油
焼物　秋刀魚　大根おろし　自家製筆生姜
煮物　松阪牛　玉ネギ（鹿児島産）　じゃが芋（北海道産）
止椀　白飯　赤出し
香の物　胡瓜　大根　赤カブ
水菓子　梨　巨峰
　総料理長　松原喜久子

さて、ここまで私は楽しんだが、

「家までしながき付きではかなわん。わたしは家庭らしい満腹感の見えるのがよい」

と、お互いの微調整のすんだ連れ合いのことばは、聞かずとも解る。

夢まで一緒に食べるのは、ほんと、難しい。

（「あじくりげ」二〇〇一年十月号）

子どもの食事の背景

「もうちょっと譲り合って」

の声を無視して、それぞれの膝をぐいと入れる。丸い卓袱台《ちゃぶだい》を囲む顔は、祖母、母、子どもたちの七つ。仕事帰りで遅い父の場所にも、小さく盛ったご飯茶碗があった。

「無事にお帰り、の陰膳や」

は、祖母の口癖で、

「すぐ帰るのに大袈裟《おおげさ》」

は、反抗心旺盛な私の子ども心。

思い出のスクリーンをゆっくり巻き戻すと現れる夕食の風景は、戦後の昭和二十年代前半である。

ご飯の中に大きなサイコロ状のさつま芋が入っていたのは、食糧不足の折り、米を補うためである。

子どもには少しでも栄養のあるものを、が親の最大の配慮で、だしを取った後の煮干しも無駄にはしない。干してすり鉢で当たり、みじん切りの大根葉を乾煎《からい》りしたもの、胡麻、塩と混ぜてふりかけとなった。これは結構美味しくて、

「これではご飯が進んで困る」

と、翌日はご飯の芋の量が増えていた。

スーパーマーケットなどなくて、野菜は八百屋さん、苔、椎茸、昆布の類《たぐい》は乾物屋さんと何だって対面販売で、大家族のわが家へはお買い得情報も添えられ、お供に子どもがいると、豆腐屋さんで油揚げ一枚のおまけもついた。

既成の食品は、佃煮ぐらいであったろうか。

食事は家庭でが基本、調理とはセットであった。

今は、板前さん、シェフの味がデパートに並ぶ。芋の煮ころがし、お浸し、

金平牛蒡《ごぼう》に卯《う》の花煮までが、スーパーにもコンビニにも並んでいる。

「手作り」「おふくろの味」と銘打って、有り難がられているのを見ると、子どもの頃日々食卓に上っていたものばかり。誰の手作り、誰のおふくろの味かと、ついへそが曲がる。

私の子どもの頃は、みな手作りおふくろの味で、電子レンジ、オーブンなどの便利品もなく、世界中の食材が溢れることもなかった代わりに、トントンという庖丁の音、鍋から立ち上る料理の匂いが暮らしにあった。家庭の中での手作りは、素材も調理過程もガラス張りで、添加物、賞味期限の心配もなかった。

大家族の手作りは、さぞ大変であったろうと、親の立場も卒業し、主婦も手を抜きたくなった老いの口でふり返る。

手間隙《てまひま》が金銭に換算されることを知らなかった世代は、「愛情」などということばも殊更意識しないで、せっせと子どものお腹を満たすための食事作りをしていたのだろう。

私は、その満たされていた子どもの身。

お陰で、今も何を食しても美味しくて、好き嫌いなく、食べることには感謝が伴う。

ただ、大家族で育ち、姑、義妹も一緒の新婚生活に、すぐに息子ふたりが加わっての、賑《にぎ》やかな食事が身についていて、ひとりの食事の味けなさは辛い。

夫が夕食不要と出かけた日、自分だけのための料理がめんどうで、一品〇〇ライス、△△丼《どんぶり》、××茶漬けですませると侘《わ》びしい。それならばと、気力振り絞って品数を揃えてみるが、こちらはこちらで虚しくなる。


先頃、新聞の調査で、今はみな個食、孤食であると報じられていた。子どもも忙しくて空き時間をみつけてひとりで食べることが多いそうである。

お母さん世代も、お総菜を揃えたお店に家族で出かけ、銘々に好きなものをセルフサービスで選んで食べることを、合理的でいいと仰るとか。

好きなものだけを食べての栄養の偏りも不安であるけれど、子どもの食事には心への栄養という家族の背景も必要と思うので、個食、孤食は淋しくてならない。

私の子どもの日の食事の背景は、今も温かい。そういえば、使いこんだ木の俎《まないた》は中ほどが減っていて、小学生の私が切った自家漬け沢庵《たくあん》が蛇腹《じゃばら》に繋《つな》がっていたことがあった。

老いの入り口では、何でもない子どもの日の食事風景まで楽しい思い出となり、思い出は日々のよき伴侶となる。

個食、孤食の現代っ子は、どんな食事風景を頼りに老いを迎えるかと、これ、偏《ひとえ》に私の老婆心か。


（「あじくりげ」二〇〇二年五月号）

目分量の味

美容院の鏡の前。手にした雑誌のグラビアは、戦後の事情を知る身には、面映ゆいほどの美しさである。

衣は、世界中のブランド品から、土地柄豊かな民芸品まで。住も、有名旅館、料亭、世界の一流ホテルといった豪華なものから、鄙《ひな》びた里の郷愁を誘うたたずまいまで、ともに季節の香りを味方につけた魅力で迫る。

けれど、衣や住は、年齢、体力、財力の制限が厳しくて距離がある。そこへいくと、食は身近で、世界中の贅沢を集めた特集もあるが、総菜の類《たぐい》も多い。常は世界に目を向けた趣向も、なぜか秋は日本びいきで、おふくろの味、伝承の味と和に向かう。私などにはいっそう身近になる。

作り方の指南も、微に入り細に入って、今はレシピという。主婦も長くなると、素材と調味料を頭の中で組み合わせれば、味も匂いも大方は察しがつく。おふくろの味も伝承の味も、多くはわが家の定番であるが、美味しく見せる盛りつけは学ぶところが多い。

わが家のように、大食の連れあいのせいにして、どんと盛るのではなく、大きめの器にちょっぴりが美しい。かえでやなんてんの葉を添えたりすれば、更にレベルアップする。二枚も三枚もお皿を重ねるテクニックもあるが、こちらは、洗い場担当もわが身ひとつと気付くと、腰が引ける。

それにしても、レシピのあれこれ。

大サジ○杯、小サジ△杯。
□□g、××分、火加減◎◎。
と、丁寧ながらめんどうなこと。

何だか大根や南瓜の煮物までが難しくなる。私は、手もとの食材の量や大きさを眺め、翌日の連れあいわが身の予定も考え、更にお腹と相談し、使い切るも残すも裁量自在。わが家にも料理秤《ばかり》、軽量スプーンはあるが、出番はほとんどない。私の毎日は、自分の手加減舌加減の目分量なので、計量器不要である。

年季の入ったシェフや板前さんの味は、たまさかの外の味。日常は慣れた目分量での自家製糠《ぬかづ》漬けや沢庵《たくあん》に、きんぴらごぼう、切り干し大根、南瓜や茄子等の煮物。サラダより酢の物和《あ》え物に好みも移ったが、和え衣だって、おかかに白胡麻、黒胡麻、酢みそ、辛子みそと手もとの材料を気分で手加減する。魚も煮たり焼いたりの単純がよくなって、「そろそろいかが」と火の上の素材と相談の出来上がりとなる。

横文字調味料は期限切れとなるが、胡麻や山椒、生姜にたかのつめの出番は増えた。

折々の目分量での調理は、薄味になったりちょっと濃くなったりの日替わりもあるが、「ふむ、今日は上出来」と、美味しいときだけ自画自賛の都合のよさで暮らす。

同じ素材だって、レシピなしだから、出し汁に醤油、酒、味醂の単純味から、甘辛くからめたものまで、変幻自在である。なあに、出し汁が取れなかったら、小さく切った昆布を一緒に煮込めばよい。冷蔵庫の隅に残ったしぐれの佃煮も、厚切りの大根をコトコト煮る中にしのばせたら、なかなか美味であった。

食は休みのないこと。そして、美味しいことは誰もが幸せ。レシピとにらめっこの珍しい食への挑戦もよいが、難しく考えてのギブアップは惜しい。

味は本来伝承と創作。

わが家の味加減礼讃《らいさん》で、肩の力を抜いて、目分量の楽しみで参りましょう。


（「あじくりげ」二〇〇二年十一月号）

怪獣ドーナツ

米櫃の記憶

昨今、お米は家庭でどんな容器に入っているのであろう。わが家は、台所家具に組み込まれたプラスチックのライサーなるものに入っていて、指先のタッチで量り出す。

小学生の頃のわが家は、ブリキの缶に入っていた。母も祖母も「米櫃《こめびつ》」と呼んでいたがあれは櫃《ひつ》ではなくて缶であったと思い出す。ブリキの衣裳《いしょう》缶を小ぶりにして、高くしたようなものであったが、今はみなプラスチックのケースに代わって、衣裳缶といっても解らない人も多いであろう。

その米櫃と呼ばれた缶の中には、木製のマスが入っていた。八人の大家族、私を含む子どもはいつもお代わりをしていたが、あのマスで何合の米を取り出して、ご飯を炊いていたのであろう。

お釜は重い木のふたののった鉄釜で、土間のかまどでの直火炊《じかびだ》きであった。お釜に目盛りなどなかったから、どれほどの米を入れようとも困ることのない、手先の感覚での水加減ですんだ。

「ご飯を炊くのとお産の自慢はできない」が祖母の口癖で、油断するなの戒めであったろうが、時折吹きこぼれて釜の底を伝って、香ばしい匂いが漂った。

ああ、恋しい。

あのお釜、あのかまどであれば、「はじめチョロチョロ中パッパ」の教えも生きていた。夫とふたり暮らしの今の私は、三合炊きの電気炊飯器に、研ぐほどでもなくカシャカシャと回し洗いした米一合を入れて、ボタンをポンと押す。朝は前夜のセットで、目覚めと同時に炊き上がっている。有難さを享受しながら、心の内でなぜか祖母や母に詫びる。

出来、不出来もないけれど、〇〇産××米を奮発しても、あの少しおこげのできた大釜でのご飯には及ばない。

さて、件《くだん》の米櫃、そこにお米が入るまでの経緯は覚えていないが、

「ああ、いいねえ。米櫃がいっぱいになっているのはいい眺めだねえ。幸せだねえ」

祖母や母の声は、耳の奥に残っている。私の小学生時代は昭和二十年代の前半。米櫃がいっぱいに満たされているだけで、幸せを声に出した世代がいとおしい。

主婦におさまった昭和三十年代半ば、ご近所に背筋の伸びた初老の未亡人が

おられた。熱のある子を背中におんぶした私に、

「ひとりやふたりの子どもで音《ね》を上げていては、主婦も母親もつとまらないよ」

と辛口の助言をされた方である。

質素倹約にも胸を張って、少し白いものが混じった髪をくるくると巻き上げた姿に、老いてのわが身を重ねたいと思ったが、その婦人もとうに亡く、私は白髪頭をショートカットにした手抜きで暮らしている。

その彼女、ある日、できて間もない文化センターに、古典の勉強に通うとわが家の前を通られた。見慣れた働き着であるもんぺを脱いでの着物姿に見とれると、

「どう？　ちょっといいでしょ。こうしていると米櫃が空っぽに見えないわね」

と、片目をつむってみせた。

米櫃が満ちる満ちないで通じる心情があった。米櫃がいっぱいであるだけで幸せを感じることのできる時代でもあった。

私はちょっぴり後遺症が残っているのか、老いのふたり暮らしのわずかな備蓄ながら、やっぱりお米が底をついてくると、心もとなくなる。


（「あじくりげ」二〇〇三年四月号）

ぜいたくの裏側

まあ、美味しそうだこと！

昼下がりの美容院。豪華な婦人雑誌を眺めていると、これでもかの美味、珍味、美食の数々に出合います。世界の有名ホテルのシェフの帽子は高く、ディナーはテーブルセッティングも眩《まばゆ》いばかりです。日本の味も、海辺や山里の宿、歴史の町の名料理と、しつらえも器も美しく、ご馳走いっぱいです。

ふうっ、ほっ！

これは私のため息。

美味しそう、豪華、おみごと。

けれど、しばらく楽しんでいると、私の気持ちの奥に、じわり何だかおさまりの悪いものが持ち上がります。

これはなに？

これはなぜ？

どこかで似たような気持ちを味わうことがある、と巡らしてみます。

そう、ありました。

最近、デパートの地下の食料品売り場。デパチカと呼ばれるところです。食べることとの好きな夫との暮らし。食べることはむろん、作ることも嫌いでない私は、そのデパチカへ、近くのスーパーを横目に、時折出かけます。

最初は魚売り場。わが家のメインディッシュはたいてい魚で、切り身になっていない、パックに入っていないものが目当てです。処理のないお頭《かしら》付きは、包丁を構えたとき、さあ、の気持ちが盛り上がります。

嬉しいことに、高級魚の仲間入りなどといわれても、おなじみの鯵《あじ》、鯖《さば》、鰯《いわし》は一盛りとなって手招きです。

鯵は塩焼きを楽しんだり残りを塩水にくぐらせて、陰干し風干しの自家製干物に変身させます。ふたり暮らしに鯖二尾は、多いとお困りの向きもあるようですが、わが家は平気。それぞれ二枚か三枚に下ろして、すぐは塩焼き、味噌や味醂と醤油に潜ませたのは後日のお楽しみ。鰯の日は、昆布を敷き梅干しといっしょにコトコト煮ます。あとは手開きで野菜いっぱいのマリネにしましょうか。

次は豆腐売り場。寄せ豆腐に、黒豆、枝豆の豆腐、つるつる美肌の都《みやこ》風絹ごし、田舎風の固いもの、湯葉、みな魅力です。切り干し大根を煮たり、みそ汁の実にしたり、そのまま焙《あぶ》って削りたておかかと刻みネギにお醤油たらりも好きで、油揚げはいつもセットで求めます。

今晩も食卓が楽しみ、嬉しいこと。

でも、すんなりのコースはここまでです。

年々広がる食品売り場は、世界中からの食材食品、季節を越えた品々があふれています。

ここはどこ？　季節はいつでしょう？

私は、右往左往の末、気力も体力も萎《な》えてきます。

ぜいたくですね。

もうひとりの自分が責めはじめて、気持ちのおさまりが悪くなります。

どうやら、私の中では「ぜいたくなこと」は「うしろめたさ」を裏側に併せ持っているようです。

まだ給食のなかった焼け跡バラック教室の小学生前半の頃、お昼休みに食事に帰ることが許されていました。芋がゆ、すいとんなどの代用食は、持ち運びに向かないことへの配慮でしたが、家に食べ物のない子は、川辺で時間を待って教室に戻っていました。

配給品以外は食さないと意志を貫いて、餓死をした公職者のニュースもありました。

今は、国の内外から集まる食、季節を越えた食、お手間要らずの食があふれ、ひもじいどころか、巷《ちまた》はダイエットばやりです。かくいう私も、美味しい幸せをしっかり享受してウエートオーバーを注意されています。

けれど、外でのご馳走が続いたり、あふれる食材に出合ったりすると、何か悪いことをしているような、誰かに申し訳ないような、おさまりの悪い気持ちになるのです。

そんなうしろめたさとバランスをとるように、沢庵《たくあん》漬けにはじまって、わが家での食は季節のもの、手作りに励むのですが、

「まあ、現在では一番のぜいたくですよ」

と言ってくださる方もあって、私は一層複雑な気持ちになってしまいます。

（「あじくりげ」二〇〇四年四月号）

怪獣ドーナツ

「わたくし、昔怪獣作っていましたの」

「？」

「好評でしたのよ」

「？」

私はひとさまをちょっぴり困惑せるのが好きみたい。

怪獣と私の接点を探って、聞いた方は思案をされる。

「あのう、縫いぐるみですか」

と、たいていは仰る。

「ドーナツです」

「はっ、ドーナツ？」

と悩みが深くなられる様子。


昭和四十年代、子どもたちが園児や低学年の頃であった。おしゃれなケーキ屋さん、ベーカリ、デパ地下も今とは違い、ペコちゃんの立つお店が何より魅力の頃である。食べること大好きな上、欲深な私が、子どもたちの食べ物作りが趣味という時代であった。

子どもには珍しさとボリュームが必須条件で、食パンも一本買いをして、三センチもあるトーストにジャムを飾り付けたり、三層四層のサンドイッチに挑戦したりもした。食べ手の勢いは作り手を育てるので、私は学びの機会を増やして、パンやケーキもせっせと焼いた。丸いスポンジケーキに、クリームを絞り出して飾るのはむろん、チーズケーキにシュークリーム、エクレア、マドレーヌ。思えばお菓子作りお母さんの先駆者でもあったのに、レシピ嫌いはお菓子作り、パン作りの最大の欠点で、子どもが育つと同時にみな放棄してしまった。今では、作り方も覚えていない。

そうそう、おやつにおいなりさんというのも、意表をついて好評であったと思い出す。

そんな中で、特別思い出に残っているのがドーナツ。

ホームセンターやデパートで、お菓子作りの道具や器具がいっぱい並んでいるのを見つけると、放棄しているのに足が止まる。あの頃は何だって十分ではなかったから、ドーナツの型抜きも智恵《ちえ》くらべであった。私は、平らに延ばした生地を、大小のブリキの茶筒の蓋《ふた》で抜いていた。けれど、残った周囲や円の中央は、くり返し練り直しても残ってしまう。欲深としては口惜しい。

そのうちに、平らに延ばさないで、十センチくらいの縄状にし、くるりと両端をつないで輪にして油に落とす方法を思いついた。これは、ひとつひとつに表情ができて、いかにも手作り風で気に入っていた。欠点は、常に手が汚れている状態なので、途中で電話が鳴ったりしたらさあ大変。額が痒《かゆ》くても掻《か》けない。その上、何を作っていても小鳥が餌《えさ》を待つように、

「まあだ?」

の催促ばかり。

ついに私は、ねばねばの生地を、カレーライスを食べるスプーンで掬《すく》って油に落とした。すっと油の中を鍋底まで沈んだ種は、ぼわっと膨らんで、小爆発の様子で浮き上がる。

大きいの小さいの。丸いの角ばったの。角《つの》が生えているようなのもあって面白い。大皿に半紙を敷いて盛り、粉砂糖を茶漉《こ》しで振ったら出来上がり。

「ドーナツじゃなかったの?」

と、不満気な顔。

「いいえ、ドーナツです。特別製の怪獣ドーナツ。よく見て！　何に見える？」

子どもの目が輝いたのはむろんのこと。

「あっ、これは○○○」

「こっちは△△△だ」

賑やかだったこと。

怪獣ドーナツは、その後しばらくわが家のおやつの定番となった。私はできるだけ奇妙な形をめざして励んだ。

あのドーナツを卒業して、何十年になるのだろう。

子どもの幼い日の思い出話が楽しいのは、老いの身だけであるから、すっかりおじさんになっている子どもたちには話さない。

（「あじくりげ」二〇〇五年三月）

家の味

計量秤《はかり》に計量スプーン。

気がついたら、わが台所から計量をする道具が消えていた。

バナナ一本に牛乳、蜂蜜を目分量。そこへ手近にあれば人参とセロリを適当に加えてミキサーをブーン。五年前からの新顔はこれだけで、他は頑固に、朝食は味噌汁のだしを煮干しでとるところから始まる。一汁三、四菜の仕上げは、冬は沢庵《たくあん》漬け、その他は糠床《ぬかどこ》かき混ぜての自家製漬物。

休みなくくり返す食卓であるから、目分量、手分量には磨きがかかっている。ひと匙《さじ》口に運んでは、

「ほう、ちょうどよござんす」

と、相成る。

体力、気力にむらができているから、本当は味見のひと匙も、怪しい折りがあるにちがいない。けれど、連れ合いは、藪《やぶ》を突《つつ》くことはないと、知らんぷりをしてくれるので、落ち込むこともなく、また主婦の業に励む。

近々は、何だか外の味覚が味気なくなった。腕のよいシェフや、年季の入った板前さんの味は高嶺《たかね》の花。たまさかの楽しみではある。けれど、ちょいとそのあたりのランチや、できあいの総菜よりは、わが手作りに軍配をあげている。

「〇〇年続いた味」

「△△年の修業歴」

などと、雑誌やテレビで料理人の紹介があると、

「私、四十余年の総菜歴です」

と、心の奥でつぶやく。どんなことでも、四十年余りくり返して続ければ、それなりにはなっている。それに、夫とふたり用の味への微調整も済んでいる。醤油はたらたら。塩はぱらぱらぱらり。酢をすぃーっ。みりんとくとく。酒もひょい。

「これ、どういうお味つけですか」

などと、レシピを尋ねられたら困ってしまう。

「家の味はね、レシピがないところがよいのです」

と、煙にまく。

素材は、野菜をはじめとして、大きさ、重さだけでなく、性《しょう》というものがある。グラム数や嵩《かさ》では計り切れない。それぞれの相性に見合わせて、調味料も火加減も違うのが道理。思えば、大匙小匙何杯、何グラムのレシピは、私には不思議。

かくして、四十余年の経験での目分量にてこと足りるようになってしまった。

おまけに頑固者は脇目をふらないから、煮干し、椎茸、昆布、鰹節と何だって昔ながらを続けてきた。気付けば、周囲の方が安易なものに移っていったようで、

「やっぱり本来の自然の味がいいですね」

と、いわれてもねえ。

けれど、それも褒めことばと知れば気分はよくて、巷《ちまた》の人工的な味も苦手であるから、

「やっぱり慣れた味が一番」

と、改めてわが腕に惚れ直して、家事は次々面倒になる中、総菜作りだけは回帰して、また趣味となりつつある。

レシピ、計量が不要であるから、裁量も自在で、発見もあって、進化、変化も楽しい。

四尾一盛りの秋刀魚の、二尾塩焼きにした残りを、筒切りにして昆布を敷き、針生姜を散らし、酒、みりん、醤油に酢、水一滴も加えずにコトコト。骨まで軟らかく煮たのは、最近のヒット。山椒の実がなかったので、粒胡椒を代用したのもよかった。茹でた銀杏《ぎんなん》を胡麻油でころころして、粗塩をパッとふったもの。奴豆腐、湯豆腐のおかかの代わりに、干し桜海老を、これも胡麻油で煎《い》っ

てのせたのも好評。その代わり、手持ちの材料を思案して、調味料も気分任せのあれこれは、

「もう一度」

と、リクエストされても、似たものにはなるが、同じ味は二度とできない。

「だから家の味は飽きないのですよ」

は、五十年近い友人の弁である。


（「あじくりげ」二〇〇六年一、二月号）

失ったもの

戦後間もない子どもの日の台所。

たたきに鎮座する二口のかまど。そして、七輪、五徳、渋うちわ。焼き網、炭取り、炭ばさみに消し壺《つぼ》。水屋《みずや》、蠅帳《はいちょう》、水がめ。水がめにはポンプで汲《く》み上げた井戸水。コンクリートを固めた流し台、すぐ錆《さ》びる菜切り包丁、俎《まないた》、砥《と》石《いし》。亀の子たわし。すり鉢にすりこぎ、焙烙《ほうろく》、竹の笊《ざる》あれこれ。まだまだ。か

つお節削り器、せいろ、漬け物石、じょうごに升《ます》。

ああ、あれもこれもみな懐かしい。それを使っていた人たちもいっしょに浮かぶ。

主婦になったのは昭和三十年代後半で、たたきもかまども消えていた。流しとひと続きの台の上のガスコンロ、単純な炊飯器、簡易水道ながら蛇口をひねれば水も出た。火まわり水まわりは前代を遥かに超えた便利さとなっていたが、手先を使うこまごました道具は、そのまま伝え受けて、実施訓練の日々であった。ほとんどは、あの万博会場の人気スポット、サツキとメイの家の様子である。

そして現代、台所はキッチンとなり、手間暇要らずとスピードが身上となった。レトルト食品に冷凍食、インスタントにテークアウト。外食も日常のこととなり、年中ペットボトルのお茶でこと足りる家庭も多いとか。

「俎と包丁のない家庭もあるのですよ」

と言われても、ねえ。

巡らせば懐かしい道具はどんどん消えて、電化製品、便利グッズの花ざかりである。

「素敵な道具を揃えることと料理を作るのは別。きれいなキッチン汚すの嫌ですもの」

と仰る方もあって、時の流れに添うのも大変。

何もかもお手軽一直線で、簡単で速いことが何よりとされ、テレビの料理番組の若い先生もピーラーで皮を剥き、だしの素使用である。切るも混ぜるも捏《こ》ねるも、
ガガーッ！

とみな電動で、

「お手間も要らず簡単にできます」

と、にっこり。

でも、あのガガーッの道具は、誰が分解して汚れを洗い、また組み上げるのかしら。私は俎と包丁の訓練を四十五年余りもくり返してきたので、トントン、シャキシャキの方が速そう。洗うのも簡単である。

「あら、そんなこと食器洗い機で」

と言われようが、わが道を行く。けれど、

「食器洗い機は清潔です！」

と言われたらどうしよう。

「抗菌グッズで育っていないので大丈夫」

と抗しようか。

ともあれ、味覚は年とともに回帰し、積み重ねた味があるので、インスタントやだしの素、保存料等は遠慮したい。おかかと称して、わが家ではかつお節削り器も現役で、粉になって削れるときも、刃の出し入れの調節も訓練ができているので、おまかせください。

「粉になるときは節を焙《あぶ》って、刃の調節は木枠をトントンするのです」

と、自画自賛の楽しみである。とろろ好きは自然薯《じねんじょ》好きで、使うすり鉢は先代ゆずり。底に濡れ布巾《ふきん》を敷いて山椒の肌の残ったすりこぎで当たれば、いっしょに暮らした二十余年を懐かしむおまけつきである。

この石は？

それは漬け物石。現役で毎年十二月に沢庵を漬ける。大根の出来、漬け方の加減で同じにはならないが、待って楽しみ、食して楽しむ。

今は、お手軽にと訓練要らず手間要らずになっているけれど、一方で手間暇かける過程の楽しみと訓練上達の喜び、真の味覚を失ってはいないかしら。りんごの皮をひと続きに初めて剥けたときは、ほんと嬉しかったもの。

「お年寄りはお暇ですからそんなことを」

の囁《ささや》きには、

「えっ？」

と、老人耳で知らんぷり。でも銀杏《ぎんなん》割りと瓶のふた開けは、どなたの考案でしょう。大好きです。


（「あじくりげ」二〇〇七年一、二月号）

絶滅危惧種でしょうか

美味しい店、おしゃれな店、豪華な店に行列のできる店。

食べることへの情報があふれる時代である。

ランチメニューは、女性の独壇場だそうで、いつの間にか「食べ歩き」などということばが、大手を振っている。

読書やスポーツ等と並んで、趣味の欄に「食べ歩き」と書き込まれているのに出合うと、戦後の食糧難に苦労していた親の日々を思い出して、複雑な気分になる。

人気のお店巡りも盛んで、

「もう〇〇〇へは行かれましたか。予約も順番待ちだそうですよ」

と、教えてくださる方もあるが、

「そうですか」

と、過ぎてしまう。

芋や長南瓜の入った雑炊や水団《すいとん》も食べて凌《しの》いだ身であるから、美味しいものはむろん大好きで嬉しい。

けれど、要予約まではいいが、予約の順番待ちはしたくない。風評に誘われたり、惑わされたりの年齢はとうに超えている。まして行列は、戦中戦後の食糧不足の折り、配給の列に親に代わって並んだ後遺症がある。今さら食べ物のための行列は、願い下げである。あのときとは違って、食材食品は溢れるほどあるのだもの。


まだ、女性同士のランチ巡りなどがなかった昭和三十年代後半、

「作る人が味を体験すべき」

の夫の方針で、自分がたまさか出合った外の美味しい味を、機会を作って私にも味わわせてくれた。料理人を鍛えておこうという、深謀遠慮であった。今思えば、貝類を炊きこんだご飯など大したものではない。

けれど、そういう味覚は、祖母、母からの伝授の味に新しい味を加え、私の料理のレパートリーを広げ、応用力をつけ、料理好きにした。

「手間暇かければ美味しくなる」が、世をあげて貧しかった時代の伝授の基本で、悲しいほど身についている。今風の最初からの「お手間要らず」「簡単」「手を抜く法」は、どこか物足りない。「手間をかける」を心がけていると、「お手間要らず」や「簡単」は、なりゆきとして到達する。それは味覚の上で、最初からのお手間を省くのと少し違う。

修業を積んだ板前さんやシェフの手になるご馳走は、たまの嬉しい舌極楽。それとて、毎日となればはや身体の許容を超える。

その上めんどくさがりになってしまった。

運転無免許の身は、わざわざ食べるために出かける方が、家での手作りよりずっとめんどうだ。

季節の野菜、乾物類も、献立に関係なく蓄えがある。漬物は使い切れなかった野菜の潜め所、糠床《ぬかどこ》という強い味方がある。冬場は、どんと沢庵《たくあん》一樽《たる》漬けておけば、欲しいとき欲しいだけの手間要らず。

出かけたついでに魚肉の類を少々加えておけば、お腹加減も味加減も自由自在。総菜《そうざい》の賞味期限は、わが設定である。

「外食の楽しみが解らなくなるのは、年をとった証拠ですよ」

「そのうち自分で作れなくなりますよ」

の声も。ごもっとも。その通りでしょう。

でも、しばらくは、居ながらを優先、めんどくさいので、ほぼ手作りで暮らします。

五十年来の友人もどうやら同類で、時折、美味しい手作りの飛竜頭《ひりょうず》を届けてくださる。大歓迎で心待つ。

こういう暮らし方に、何日分もの献立予定などない。食材と自分のお腹と、夫の好みをない交ぜて、「さて、今日は」の楽しみとする。

気付けば四十五年の間、据《す》え膳《ぜん》に一言の文句もなく暮らし続けた夫は偉い。

どうやら互いに、絶滅危惧種かもしれない。


（「あじくりげ」二〇〇七年十一月号）

日々乞うご期待

「お料理なさいますか」

「ええ、特別のことがなければ毎日します」

「お好きですか」

「好きですねえ」

迷わず「好き」と答えられるこの頃です。

食いしん坊には年季が入っていますのに、出かけたり取り寄せたりがだんだん面倒になりました。

家族の多かった頃は新米主婦で、「やらねば」「作らねば」と努力で取り組んできたものです。今は、老いの楽しみのひとつ。居ながら、たいした体力も要らないので、のろのろゆるゆるで楽しくなりました。腕の冴《さ》えはありませんが、積み重ねは力で「あれとあれを組み合わせればこんな味」「この調味料を加えれば、きっとあの味」と見当もついて、手軽、気軽です。

そんな気ままな料理には、計量グッズもレシピも不要です。縛られていたらゆるゆるの楽しみは、消えてしまいますもの。思いつき自在が楽しむ鍵《かぎ》のようで、世間の定番料理も私流です。

テレビや雑誌で料理研究家と仰る方々は、「計画的に一週間の献立表を作って無駄を省くように」と、教示されていますが、内緒で告白すれば、一週間も献立に縛られてしまっては、楽しみも減り、無駄を出してしまいそう。

用意された献立でせっせと励むのは、どこか片づけ仕事のように思えるのは、ひねくれ者でしょうか。「何をしましょう」「何ができるかしら」は、楽しい思案です。

食材は、時間のあるとき、出会いで気に入ったものを、必要に迫られないで求めます。パックに入っていないものが好き。そういうお店を選ぶようにしています。売り場にどーんと積み上がっているものが鮮度もよく旬と判断し、それらはたいてい財布にも優しいので、少し多く求めておきます。

先《ま》ずは鮮度優先の献立を楽しみ、あとは智恵《ちえ》を絞って保存、使いまわしします。それまた楽しみ。賞味期限も消費期限も自己決定です。旅先の北の大地の豆類、海辺の町の海藻や干し魚などを求めて、思い出の味付けも楽しみます。

義妹や家庭菜園を持つ友人も、素材宅配で楽しませてくれます。

料理の指南書には「残りものでスープを」のアドバイスがありますが、献立自在は、残りもの感覚は弱く、秘《ひそ》かな楽しみに変えます。

朝食に夫が残した明太子で、千切り大根を塩もみして固く絞ったものを和《あ》えてみました。

「いけますねえ、もう少し」

と好評でしたが、リクエストには応えられません。次の新作をお楽しみに、というところです。明太子は細切り塩昆布に代えても上々。大根の方も代わりを考えてみようかしら。

「これは何」

「ブロッコリーの軸」

「うまいよ、しかしわが家は何でも食べますねえ」

と、感心されながら、ゴミ減量にも励みます。キンピラ風仕立てのブロッコリーの軸の緑は、黒ゴマのお化粧。足りないときは人参を足せば更に彩りよくなりました。レシピに縛られていたら生まれない品々です。

レシピなし万歳。

何といっても完成図がないのですもの、失敗ということがありません。出来、不出来はあっても、失敗のないのは心穏やかです。失敗はやる気をなくさせますものね。でも、どんなに褒めてもらっても、二度と全く同じ味にできないのが、唯一の難点です。そんな難点には目をつむって、作り手も食べ手も「日々乞うご期待」で暮らしています。

本音を言えば、後片付けの助手は欲しいところです。

（「あじくりげ」二〇〇八年五月号）

台所からの匂い

「あら、どこのお宅からでしょう」

他所《よそ》さまの夕餉《ゆうげ》の匂いに出合った、嬉しい帰り道です。

「いい匂いだこと。きっと〇〇ですね」

出し汁の匂い、きんぴらごぼう、煮豆、煮たり焼いたりの魚の匂い、鍋料理に天婦羅、カレーまで、台所からの匂いはみんな好き。

子どもの日、毎日の暮らしはむろん、祝いごとも法要もみな家庭の味で用意されていました。そういう一家一族をあげての騒動は、煮炊きの匂いといっしょに、子どもの心を豊かにしていたように思います。

私たち子どもは、冬でも外遊びが日課でした。北風に頬を赤くし、かじかむ手に息をかけかけ帰りつき、

「ただいま!」

と玄関の引き戸を開けると、夕餉の匂いが迎えてくれました。あの頃いちばん嬉しかったのはカレーライス。ご馳走《ちそう》でした。家中に満ちていた煮炊きの匂いは、

「いただきます」

で始まり、

「ごちそうさま」

で卓袱台《ちゃぶだい》を離れても、部屋の隅々に残っていました。子どもと祖母は決まった刻限に食べましたが、母は仕事の都合で遅くなる父を待っていました。その父は、

「ただいま! おっ、今日は△△△だな」

とお菜を匂いで当て、母は急いで食材を温め直すのです。匂いはもう一度家

に満ちるのでした。

妹と弟がふたりずつ、祖母に両親の八人家族は、食べ物の匂いの中で勢揃いしていました。思えば竈《かまど》と薪《まき》、コンロと炭火、井戸水の煮炊きは、手間暇が全《すべ》てです。ごくごく普通の暮らしでは、この日々の食事の匂いの中で、幸せを共有していたように思います。手間をかけることを厭《いと》わなかった人との暮らしは、「愛しているよ」と口に出さなくても、わざとらしいスキンシップを試みなくても、この食の匂いの満ちる場所で心寄せ、安堵《あんど》していました。外の味花ざかりとなって、家庭から食の匂いが消えていくのは惜しいことです。

きれいに整ったキッチンは、汚すのが惜しくて使えず、外食、テークアウトをなさる方もおありとか。また、煮炊きの匂いが家にこもるのが厭《いや》と仰《おっしゃ》る方もおいでです。何でもお取り寄せができ、便利になりましたが、包装を解いて、

「はい、どうぞ」

レンジでチンして、

「はい、どうぞ」

では籠《こも》るほどの匂いも立たず、味気ないこと。

そういえば、いつの頃から生活の匂いは敵《かたき》のような扱いを受けるようになったの

でしょう。「匂わない□□」や「匂いを消す××」がコマーシャルに流れます。人の暮らし営みは、本来匂いを伴うものではないかしら。人恋しいときは、その人の周辺の匂いまでいとおしかったはず。匂いは全て悪で臭いというのは解《げ》せません。

食の匂いは、聞こえていない音も道連れにして届きます。俎《まないた》と包丁の出会いの音、シュワッと湯気の上がる音、ジュッと鍋肌を調味料が巡る音、匂いからの連想です。

長い年月を重ね、所帯も小さくなり、待つ人もまだ帰らない家に着くと、朝の味噌汁、干し魚の匂いが残っていたりします。それも好き。

「あら、それってお掃除が不十分なのではありませんか」

と言われる方には、

「お台所はね、使えば汚れるものですよ。匂いもとどめてね」

と可愛気のない身です。亡き母手作りの時代遅れのエプロンを着け、今晩も憚《はばか》らず匂いを撒《ま》き、籠らせましょう。

（「あじくりげ」二〇〇九年一月号）

サトウキビの甘さ

「わけあり」ということば

「〇〇と△△をいただくわ」

「わたしはこれ」

みな勝手に手を伸ばして取りこんでいく。

大ぶりの笊《ざる》やブリキのバケツに自分の育てた野菜を入れ、リヤカーで引き売る女性がいた。リヤカーには、陽《ひ》や風を避けてゴム引きのシートが掛けられている。

主婦一年生の頃で、郊外の県道沿いに姑と義妹も一緒に暮らしていた。県道といっても当時は中央部だけの舗装で、車の通ることも少なく、舗装のない脇で縁台を出して夕涼みをしたり、三輪車で遊ぶ子どももいた。

常は盆暮れに節季払いする姑の代からの通帖《かよいちょう》持参で、近くの八百屋兼雑貨を扱う店で用を足していた。そんな折り、リヤカー引き売りの野菜は、地産地消鮮度良好で嬉しく、葉付き土付き、地元育ちは切り口も瑞瑞《みずみず》しい鋭角で、茄子の蔕《へた》や胡瓜の棘《とげ》が痛かった。

「リヤカーのおばさんよ」

と声がして駆けつけると、はやゴム引きシートを持ち上げて品定めが始まっている。

「わたしはこれとこれ」

「わたしはこっちを」

と欲しい品を自前の籠《かご》に入れたり、前掛けで受けたりして、

「わたしのこれはおいくら」

「これでいくら」

と尋ねる。値は常に言い値であったけれど、歪《いびつ》な品、小さな傷のある品が気前よく追加されることを承知していて、不服の出ることはなかった。スーパーマーケットはまだなく、正価表示はデパートくらい。チラシのチェックなど誰も知らぬこと、出来ないことだった。

「これも食べてね。無駄にしたくないから」

と、間引きした小さな菜もおまけになった。それを塩で揉《も》んだのに少しお醤油をたらしたのを姑は好きだった。

「リヤカーのおばさん」と誰もが呼んでいたけれど、今思えば四十代であられたかもしれない。化粧気のない健康なお肌で、髪を手ぬぐいで覆い、暑い日は首にタオルを掛けていた。思い出の中で眩《まぶ》しい。

気が向くとリヤカーを覗《のぞ》きに出てきた姑は、残り少なくなった荷台を見て、

「全部置いていきなさいよ。あなたのは美味しいから」

と気前のよいことを言い、財布係りははらはらしたものだ。

道普請《みちぶしん》や側溝の清掃もご近所総出でしていたから、折りに触れて、

「お変わりないかね」

と声を掛けあい、立ち寄る人たちも多かった。そんな人たちにも気前よく分けた姑だったが、訪《おとの》うてくださる人も、

「お墓掃除に行ったからついでに隣のお宅の石塔も清めてきたよ」

と告げてくれたり、

「はい、これは庭の無花果《いちじく》」

と差し入れてくださったりで、

「お互いさまで、無駄なことはないの」

と教えられるのだった。懐かしいこと。

最後を全部引き受けた野菜は、多くの選別の後で、姿形の悪いものが多かったが、自然を相手の品々に出来不出来は当然と思って気にすることはなかった。

その上、

「これはお代はいいから」

とおまけになるものも多く、財布係りは嬉しかったが、

「人さまにあげるのは器量好《よ》しから」

と言われ、わが家はおまけの見映えの悪いものを食べることになっていた。

今ならさしずめ「わけあり食品」ということであろう。

老舗《しにせ》の味、ブランド食品なども知らぬ貧しかった時代ながら、売り手と買い手の心が通じた対面販売ならではの無駄を出さないよい処理であったと思い出す。

現在はどんな食品食材も姿形よく、由緒正しいものが好まれ、商品の欠損は仇《かたき》のようにされてしまうけれど、安全安心の一点を思えば致し方のない成り行きであろうか。

世界中の食も身近となり、溢れる品に囲まれる幸せと引き換えに食の負の部分も言われるようになった。勿体ないと海の向こうからも教えられ気付いて、「わけあり食品」が見直され歓迎されるのはよいことだけれど、私はこの「わけあり」ということばは実は嫌い。「わけ」はよいことにもある。手間暇かけるのも美味しくする「わけ」のひとつなのだから。


（「あじくりげ」二〇〇九年十月号）

偏食願望になりました

「何て健啖《けんたん》家なのでしょう」

わが身のことである。

「年寄りなのによく食べるねえ」

中年まっ盛りの息子が、食事を共にする度にくり返す。これでも自分では食が細ったと思い、控えめにしている。

「ストレスで痩《や》せました」

「夏痩せしました」

などのことばとは、ずっと無縁で暮らしてきた。

「寒いときは体内から温かくせねば」

と励み、

「暑さに負けないように」

と丑《うし》の日ならずとも、鰻《うなぎ》も歓迎の食欲でいる。

「老いてもお元気な方はみな食欲旺盛《おうせい》でいらっしゃる」

と、大食いの言い訳の用意もある。けれど、ストレスで痩せ、夏の暑さで痩せる方に比べると、わが神経、身体は雑なのではないか、鈍いのではないかと時々不安になる。それでもそれでも、何を食しても美味しい毎日は幸せなこと。

近々は外での食事の折り、

「召し上がれない食材はございませんか」

と尋ねてくださる。

「いいえ、何でもいただきます」

と返せば、

「では、お好きなものお嫌いなものは」

と親切がエスカレートする。

「それもありませんの」

本当に嫌いなものを探しても浮かばない。好きなものを浮かべると、こちらはたくさんあって絞り込むのが難しい。季節季節に巡ってくる食材は特に好ましく、海のもの山のもの、年季の入った職人さんの手による料理から、わが手にかける日々のお総菜《そうざい》まで、何でも嬉しく美味しい毎日。偏食のお子さんに困

られるお母さまからは、

「どうしたらそんなに何でも召し上がれるようになったのですか」

と尋ねられたこともある。

「どうしてかしら」

思い返せば、時代のせいかもしれない。何しろ子どもの頃は戦中戦後の食糧難の日々で、好きなものを選んだり、希望したりの選択肢がなかった。空《す》いたお腹はどんな食も有難く嬉しく、そして美味しくいただけた。親は、

「これを残さないで。偏食はいけません」

などという発想すら忘れて、食料調達に努力の日々であったと思い到る。この体験は、勿体なくて食材、食品を残すことができないというおまけもついていた。同年代には同じような仲間が多い。

現在のようによりどりみどり、溢れるほどの食材食品に恵まれての暮らしの中では、私のようになるのは難しいのかもしれない。

「どうしたら」

と仰る方には、

「ご自分がとびきり美味しそうに召し上がって見せることでしょうか」

とお茶を濁すことにしている。

それにしても食べられない食材、料理があるのはお気の毒でならない。せっかくの舌の幸せを放棄されているようで惜しい。

そんな思いでこれまでは食の幸せを享受してきたのに、最近少し事情が変わった。膝の痛みに見舞われることがあって、お医者さまを頼ったら、

「身体を動かして筋肉をつけてください。くれぐれも体重を増やさないように」

と、こともな気に仰った。偏食なし勿体ないは、ここに到って危機に瀕《ひん》してしまった。

「身を軽く、身を軽く」

と御題目のようにしても、何でも美味しく、何でもいただけることの辛さ。美味しそう、勿体ないとつい手が出てしまう。

「せめて嫌いなものがあればねえ」

好き嫌い、偏食のないのが罪つくりで恨めしく、勝手ながらこっそり偏食願望に陥っている。


（「あじくりげ」二〇一〇年五月号）

食べ物への行列

「わたくしは並びませんよ」

行列を横目でかわす。いつもは鈍い足どりが、こういうときだけ速くなる。意固地ですねえ。

「やっとゲットしました」

「〇時間も並んで手に入れたのですよ」

などと楽し気に弾んだ声を聞くのは苦手である。ゲットということばも嫌いで、並ぶのはもっと嫌い。

駅に続くデパートの一角の長い行列の先は、ドーナツショップであった。他にバームクーヘンの店もいつも行列ができると聞く。行列のできる店はテレビや雑誌の特集にもなって、人が人を呼ぶのだそうだ。

「並んでいる間に美味しさへの期待度が増す」

「並んでいる者同士の連帯感が生まれる」

などと、並ぶ人の気持ちの紹介もある。「おあずけの味」という表現があるから、きっと本当なのであろう。近所のパン屋さんも、開店の頃は長い列ができていた。今は並ばなくてもすぐ買える。行列の波は気まぐれである。入手困難が快感になるのかと思うが、みな難儀というより楽し気である。

私の並ぶこと嫌いの原因は、きっと戦後の苦い体験によるのであろう。

「食べ物のために二度と並びたくない」

の気持ちは固い。物資不足の戦後は、生活用品の多くが配給頼みであった。〇月〇日に〇〇の配給があると聞けば、待ちかねて行列した。大家族の家事は人の手頼りであったから、母や祖母は忙しく、

「配給の列にはあなたが行って」

と、小学生の長女の私の役目となっていた。大人の間で待った末、

「残念ですが、今日の分はおしまい」

と告げられ、すごすご帰ったこともある。行列の先で得たものの中には、バターや石けん等進駐軍放出の品もあった。貴重な品であった。米も米穀通帳で、割り当ての量しか得られない時代である。

そんな配給品に乾パンがあり、質の悪いハトロン紙に入った乾パンに混じって、いくつかの金平糖が入っていた。甘いものに飢えていたから、星形の小さ

な塊が口の中で溶けていく嬉しさは、別格であった。五人の子どもで分けあえば、せいぜい二粒か三粒。

「お姉ちゃんは我慢して」

と、私はひとつ少ないことがあって、

「ひとりっ子なら全部私のものなのに」

と思った記憶は悲しい。

もう居ない妹の晩年に話したら、三つ違いの差は配給の行列の記憶もなくて、

「私は一粒多かったのね」

と、後日色とりどりの金平糖の一袋を手土産に持参してくれた。あの日のよりは上質であろうに、もう痺《しび》れるような美味しさはなかった。今はそれもまた思い出のひとつになってしまった。

配給、行列、金平糖、妹、と私の思い出の糸先はいつもせつなくて、それを「えいっ」と捩《ね》じ伏せようとすると、

「食べ物のために行列はしない」

という意固地になるのかもしれない。

世界中の食べ物が溢れる中で、あちこちに好み優先の行列ができ、楽し気に

長閑《のどか》な顔が並んでいるのは、喜ばしいこと、平和な図であるに違いない。けれど文字通りの老婆心で、こんな私がまた行列に並ぶ日があったらどうしましょう、と案じていた。

その心配は的中して、この度の地震津波で被災された方々は、好まざる行列を強いられておられる。テレビの前で唇を噛《か》み、涙をこらえた。

痛い痛い、胸が痛い。

私はやはり食べ物のために、楽し気な行列に加わることはできない。

(「あじくりげ」二〇一一年五月号)

するめの思い出

海の幸、海産物、するめ。

何とも約《つま》しい連想である。

冷蔵庫も持たなかった戦後の時代、保存可能な食材の代表に乾物があった。

その中のするめは、わが家では茶箪笥《ちゃだんす》の隅や蠅帳《はいちょう》に入っていた。父が猫好きで三毛もどきの雄猫がいたので、外に出してはおけなかったのであろう。猫には天井裏の鼠《ねずみ》の番があり、キャットフードなど考えも及ばない時代の飼い猫は、ペットとは違う、人との攻防もあった。

乾物類を調達するのは、むろん乾物屋。スーパーやコンビニが出現するのは、ずっとずっと後のことである。米は米屋、野菜は八百屋、魚は魚屋などと、かいがいしく働くその道のプロが、知恵も添えて商っていた。乾物には椎茸、干《かん》瓢《ぴょう》、豆類などとともに、昆布若布《わかめ》の海草、かつお節、そしてするめがあった。するめは、調理というほどのことは不要。炙《あぶ》ればよい。祖母や母が、ニクロム線の電熱器で炙っていた。強い匂いを放って焼け縮み、上下がくるりと巻き上がる。それを見て弟は、

「するめが小さくなる」

と泣いた。いつまでも語り草となり、口惜しがっていたが、その弟もとうに定年を過ぎてしまった。

「さあ、分けておあがり」

と熱々を手渡され、長女の私はフーフーと冷ましながら裂いて、妹や弟に分け与えた。しこしこと噛《か》みしめて味わう。おやつには蒸《ふ》かし芋などもう少しお腹を満た

すものがあったから、私には大人のお相伴をする嗜好品《しこう》のような感じであった。

わが家のするめの大役は、父の酒の肴《さかな》だった。五人の子どもと祖母で囲む卓《ちゃ》袱台《ぶだい》での晩酌は気のりがしなかったのか、子どもの寝静まった後に、飲めない母が相手であった。幼い弟たちはとうに眠り、ひとつ布団で寝る妹もうとうとし始める頃、するめを炙る匂いが漂ってくる。眠いのをこらえて待っていた私は、隣の妹をつつく。

「ねえ、起きて、起きて、始まったよ」

同じ布団で眠るのは仲良し故ではなく、場所も布団も余裕のない頃の、大家族によくあったことである。何気ない顔でお手洗いに起きたふりをして、父母の部屋を覗《のぞ》き、

「いいなあ、わたしたちにもするめを」

と、仲間入りを果たす。

「まだ起きていたのか」

と諦《あきら》め顔で、肴のするめを裂き与えられ、昼間と違う両親との時間が嬉しかった。

「将来何がしたいのか」

などと問われたのは、そんな折りである。今思えば、子どもたちを寝かせ、ほっ

とした大人の時間を奪っていたのである。

私には、一升瓶持参で量り売りのお酒を買いに行く手伝いもあった。親が子どもにおつかいを頼み、子どもはそれを引き受けるのが当然の時代である。お酒の匂いのするおじさんに、

「お嬢ちゃん、おつかいえらいね」

と頭を撫でられたりした。それが嫌だった。結婚相手はお酒好きではない人、と決めた日は遠い。

さて、件《くだん》のするめ、店先では束ねて商われていた。母はそのまま束で求めていた。一束が何枚であったかは覚えていない。小分けされたり、パックになるなどの小細工のないのが、思い出の中でも心地よい。何だって対面の枡《ます》や秤《はかり》での売り買いで、

「おまけだよ！」

の声もとび交っていた。

するめは結納の品にも加わっていたし、地鎮祭や建前のお供えにも、鯛お頭つきの代わりになり、そのお福分けも嬉しかった。

暮らし方が変わってそういう機会も減り、私の身辺からするめが消えている。

しばらく食していない。のしいか、さきいかではない、昔ながらのするめのことである。

「するめ、ちゃんとあるよ」は孫で、居酒屋では現役健在、コンビニでも炙らなくてもそのまま食べられる姿のままのパックがあると告げる。

「私のするめのイメージは違うの」のことばを飲みこむ。思い出の中の人は、両親はむろん妹ももう居ない。今噛めば少しほろ苦いかもしれない、と思い出を閉じる。


（「あじくりげ」二〇一一年六月号）

主導権はわたくしに

「献立は何を」と「私は何が食べたいか」は、同義になっている。家族の食事を引き受けて五十余年。何十年も同じ仕事を続けてきた人をベテランというから、私もその道のベテランの域であろう。

さてわが家の料理、基本はあるがその日の作り手の気分、残っている食材、調達の具合その他で、アレンジは仕放題である。計量のための道具も揃ってない目分量、匙《さじ》加減、舌加減であるから、今風のレシピ頼りのものは難しい。祖母から伝わる古典的な日本のお総菜《そうざい》、神戸育ちでハイカラだった母の懐かしい洋食に、私の時代の味が加わっている。

「家庭の食は手間暇を惜しまぬこと」

と育った呪縛《じゅばく》は解けず、出来合いのお総菜の手招きも、お手間要らずのレトルト、冷凍品の誘惑にも負けないできた。慣れた舌は不思議で、たまさかそういう品を頂戴《ちょうだい》しても口に合わないのは、幸いだろうか不幸だろうか。十年一日の如く冬は何十本もの沢庵《たくあん》を漬け、夏は糠床《ぬかどこ》をかき混ぜて暮らす。梅干しや常備菜の類《たぐい》も自家製が常にあるのは重宝である。

献立に迷った遠い日、

「何が食べたいですか」

と尋ねたこともあったが、夫も息子たちも、

「何でもいいよ」

と素っ気なかった。手を出さないから口出しを控えたのか、考えるのが面倒

であったのかは、今もわからない。何でもよいのだから作り手の自由、思うままである。かくして、わが家の食事、献立の主導権は私のものとなった。家族の好みや健康はむろん巡らしているが、そのとき自分が食べたくないものだけは作らない。選択をしない据《す》え膳《ぜん》の人は、気分とも胃袋とも相談なしのあてがい扶持《ぶち》である。それも大変と思うが、

「殿方は外で美味しい機会が多いのですよ」

の声も伝わる。今は女性の方かしら。

あるとき、息子のひとりが、

「夕食のテーブルにお昼に外で食べたメニューが並んでいると、参るよな」

と、つぶやいた。けれどその息子も連れ合いには言っていないようだから、夫にもそういう日はあったに違いない。そんな時間、月日を積み重ねて、

「幾つになるまで食事を作るの、もう飽きたっ」

などと思った日も、「主導権、主導権」と呪文を唱えてのり越えて、今はまた、

「私は何を食べたいの」

と自分に尋ねながら、気分次第で好ましい品を作り、好ましい量だけ食している。

「このレシピを教えてください」

と請われても、いい加減なので難しい。お店の味は一定でなければならないが、家庭の味は日々同じにならないことが飽きない秘訣、と主導権を持つ身は強い。こうしたわが家の台所に通じた方は、手土産にも家庭菜園の採れたて食材や、旅先の海山の食材となる品を携えてきてくださる。早春に蕗《ふき》の薹《とう》を頂いた。天麩羅《てんぷら》、蕗味噌、汁の浮き実、サラダにまで刻んで振りかけてしまった。

「外食はしないのですか」

の声には、

「いえいえ」

わが家の及ばない年期の入ったシェフや板前さんの味は、暮らしの色どり口の幸。たまのこととて大歓迎である。たまであるから美味しく嬉しい。外のご馳走《ちそう》は、たまでなければ重くなってしまった。主導権と居直っても、残念ながら老いました。

（「あじくりげ」二〇一三年六月号）

わが家の「あのおだし」

「えっ、まだですか」

「充実していますよ」

「名店のお味も有名シェフ、パティシエのお味もよりどりです」

「とにかく何でも揃ってお手間要らず、便利ですから」

出かけるまでにたくさんの声の後押しがあった。デパ地下と呼ばれているデパートの地下、食料品売り場である。欲しいものも減り、人込みも苦手になって、デパートは出かけることの減った場所のひとつである。

「賑わっていますよ」

は、お奨めの意でも、余計腰が引けてしまう。

「人の少ない場所はつまらない」

は若い方の声で、老いたのですね、と改めて思う。出かけたのは、家族に夕ご飯が不要の日。好きなものを求めて台所を汚さないのは悪くない。

本当に人いっぱいで、楽しそうに行き交い、品選びをし、袋を提げている。元気な呼び声があちこちから届いて、うっかり立ち止まって眺めていると、

「いらっしゃい、こちらどれほど」と、さっさと買い手にされてしまいそう。お総菜《そうざい》売り場は、祖母や母が日々作っていたもので、今も私がくり返し作っている品が、商品の顔になって並んでいる。お浸し、和《あ》え物煮物。だし汁の滲《にじ》み具合も美味しそうである。焼き魚あり揚げ物あり。数えきれない和洋中その他の総菜が並んで、名店の味有名シェフの品も競っている。

「どれにいたしましょう」と笑顔で誘われても、目移りと優柔不断で決められない。日々作っているようなお菜ではつまらないし、名店の味はやはりそのお店で味わいたい。財布とも相談する。冷めているであろう、お浸しやサラダは水っぽくならないか、などと作り手としての不安も浮かぶ。

総菜売り場は過ぎてしまって、素材の並ぶ場所に出た。ここでも青果、精肉、鮮魚、豆腐等々豊富である。パックの始末を避け、公共の乗り物での帰り道を思うと、重いものは選べない。調味料も、カタカナの見知らぬ品が多い。もう学んで使うほどの時間も惜しいので遠慮をする。かつお節や昆布椎茸など馴染《なじ》みの品に出合ってほっとしても、それらは常備の品々で不要である。けれど、こんなに多種とは知らなかった。海外からの注目もあるというから見直されているのだろう、と嬉しい。ここでもお手軽簡便志向で、パック入りを煮出すだけや、だし入りつゆなどが並んでいる。その素《もと》になるだしは何かと思う。だしをとる材料をパックにする発想は好き。そうありたい。

「う、ふ、ふ。私の『あのおだし』いいですよ」

とうとう大人気のスイーツと呼ばれる売り場も素通りして、手ぶらで帰ってしまった。やれやれ。お弁当なりを求めて帰ればよかったかと後悔したが、プラスチック容器から食べるのは憚《はばか》られるし、容器の始末も億劫《おっくう》である。やっぱり「あのおだし」で、と雪平鍋に水を張り、ありあわせの野菜を刻み、しらす干しの残りも加えて火にかける。そこへわが特製の「あのおだし」を適当に振り入れ、残りご飯を加え、醤油、塩、みりんで味を整えたら出来上がり。分量はその都度のお腹具合、舌加減である。和風リゾットと気取ってもよいが、馴染みの雑炊である。祖母や母はおじやと言っていた。気分によっては卵でとじるが、たくさんの色濃いお総菜を見た後なので、今日はそのまま小ネギを散らした。

「いただきます」

「ごちそうさま」

自家製の「あのおだし」は、腹わたと頭を除いた煮干しと削りがつおに、石づきを取った干し椎茸と昆布をぺんぺんと指先で割り入れ、一緒にミルで挽《ひ》いて粉にしたものである。振り入れて全部食べてしまう。だしパックのように残るものはない。味噌汁はむろん、煮物も何もかもこれをぱらぱら。お清《す》まし仕立ては昆布の黒い小さな点が見えるが、食べ手に有無は言わせない。ただし、ミルは一度にたくさんの材料を入れると機嫌が悪いので、根気よく何度にも分け、時間をかけて作り置く。あとはその都度ぱらぱらの簡便美味。

はてさて、これは手をかけているのだろうか、抜いているのであろうか。

（「あじくりげ」二〇一三年十二月号）

サトウキビの甘さ

「丈夫な歯が必要ですね」

思い出袋の奥深く、私にとっての懐かしい甘味はなあに、と探していて出合ったのが、サトウキビ。砂糖黍《きび》と書く。漢名は甘蔗《かんしょ》。

大切な糖料作物で、熱帯の地で大規模に栽培されて、日本には十七世紀の初めに中国から渡来してきたそうである。

沖縄のサトウキビは

ザワワ　ザワワ　ザワワ……

と悲しく唄われ、サトウキビ畑の映像にもよく出合った。

茎の搾り汁から蔗糖を作るのだが、私は茎そのものをわが歯でしごき噛《か》んで、甘みを享受していたのである。戦後は間もない小学校中学年の頃であったと思う。直径二センチくらいの棒状の茎を二十センチほどに切って、横笛でも吹くように口にして、噛みしがんでいた。じゅわっと口の中に甘みが広がる。嬉しかった。近くにサトウキビを育てている人がいたのか、容易に買うことができたのか、母の調達方法は記憶に残っていない。秋から冬への季節は、たたきの竈《かまど》近くに長い棒状のまま立て掛けてあり、母の目分量でほぼ均等に切り分けられて、おやつになった。

配給に頼る食糧不足の時代、甘味は何より渇望の品で、

「お姉ちゃん、これがお砂糖だったらいいのにね」

と、雪をすくってつぶやいた妹は、もう居ない。

ボランティアなどのことばはなかったが、不足な品は都合しあう助け合いは日常で、父の知人のひとりが、

「砂糖の代用品です。どうぞ」

と、子どもの多いわが家へ、サッカリンやズルチンを届けてくれた。人工甘味料である。私は、甘い芋あんのおしるこでも食べられるかと期待したが、幾重にも折れて礼を言いながら、

「まがいものは嫌いだから」

と、母は頑固者で使わなかった。調べてみると、サッカリンは蔗糖の数百倍、ズルチンは二百五十倍の甘味剤であったと知る。後年、ズルチンは発癌作用や肝臓障害作用があると報じられたとき、晩年の母は、

「私の判断は正しかったでしょ」

と、胸を張っていたのが懐かしい。そんな母が与えてくれたのがサトウキビであった。

しかしか噛む。噛みしがむ。甘さが広がる。遠足のリュックの中にも、古新聞にくるんで挿しこむように持参したし、運動会のお弁当の後で、妹や弟とも噛んだ。サトウキビに噛じりつく図は、思い出すと少し恥ずかしい。他の仲間

もしていたのだろうか、と巡らせてみるが記憶にない。同じようにしていたと、思うことにしている。

噛みしごいた後も無駄にはせず、風の通るところで干して、風呂の焚《た》き口に焼《く》べた。ほのかに甘い匂いが立ち昇り、一瞬で風にのって消えていた。

そういえば、キビガラという手細工の材があった。色彩を施したきび類やトウモロコシの茎の芯で、二十センチほどの水分の抜けた軽い軽い棒状。小刀やハサミで簡単に切って細工ができ、爪楊枝《つまようじ》状の短い細い棒で繋《つな》いで、動物の姿などを作っていた。キリンを作った記憶が甦る。教室でも使ったような気がする。それら色とりどりのキビガラは、十本ほどを一束にして、文具や雑貨を扱う店にあった。けれど、息子たちを育てている頃に見かけた記憶はない。ということは、私たちの幼い頃だけサトウキビが身近にあったということであろうか。

それにしても、サトウキビを喜んで食べていた身はデパートなどのスイーツと呼ばれる売り場は、見事すぎて目移りするばかりである。母に見せたら何と言うであろうか。

息子たち世代の情報収集上手な方に話したら、サトウキビは真空パックされて通販で取り寄せができるという。健康志向、珍しいもの指向だそうだ。キビガラはご存知ないという。

懐かしいが、取り寄せたところで噛みしごく自信はない。

「通販ねえ」

思い出そのものがみな甘くなっていく。心身の角も摩耗し、辛かったことごとも濾過《ろか》され、甘味は甘美となっている。


（「あじくりげ」二〇一四年十一月）

私の食

「おいしい、おいしい」

好き嫌いのない私の食は、いつ何を食べても美味しくて、夏痩《や》せなどの体験もない。

「最近少し食が細くなったよう」

と言っても、

「それだけ食べられたら老人としては多いよ」

と息子などは老人を強調する。

腕利きの板前さんやシェフの味が待ち遠しく嬉しいのは当然である。

「上等のお料理は格別ね、おいしい」

と「おいしい」に力が入る。けれど、そういう大御馳走《ごちそう》は三日も続くと、

「そろそろ家のご飯がいいわ」

という気になる。そんな折りの家のご飯は、炊き立ての白米に自家製漬物だけでも十分である。

「はて……」

焦がれていた美食、豪華食でも「もう結構」となるのに、何でもないわが家食は、年中何十年続いても飽きないのは何故だろう。

「年寄りは暇でいいね」

と返されるので、こういう話の相手に息子や孫は向かない。ひとりで巡らす。

思い到った理由はふたつ。ひとつは私が料理人で、自分がそのとき食べたくない味は作らないこと。もうひとつは、レシピなし計量器なしの経験則に拠《よ》る目分量で作る料理は、全く同じ味が出来ないことに拠るのではなかろうか。天候、気候、体調、気分次第で、ちょっぴり豪華にする日も、買物をパスして残

りの食材で名も付けかねる総菜《そうざい》の並ぶ日もある。けれど、味付けその他自分がそのときに食べたくないものは作らない。食べたいものだけを作るのとは違う。料理好きの母のもとで育ったし、根が食いしん坊なので、安易な巷《ちまた》のランチメニューや便利な持ち帰り弁当よりは、ちょこちょこっと自作の方が好き。かくして、話題のお店が近くに出来て、

「予約がなかなかとれないのよ」

などと聞いても知らんぷりで、

「その気になったら目の前ですもの」

と、何年も無視して暮らしている。

食で譲れないことがあるとしたら、

「健康によろしいから是非に」

と、五穀米や雑穀、麦ご飯などを奨《すす》められても、これだけは頑固にだめ。戦後の貧しかった時代、大家族のわが家は長く麦ご飯が続いた。お弁当も麦ご飯で、アルミのお弁当箱で冷めて水っぽくなった麦ご飯は情けなかった。農家の仲間の真っ白いご飯の何と羨《うらや》ましかったことか。白米を銀シャリと言った時代である。私はその折りの後遺症で、今もご飯は白米信奉者である。

持ち帰り弁当よりもわが家の味を、と言っているが、例外はある。それは駅弁。昔、列車は当然ＳＬで、持ち上げて窓を開け、肩から吊《つる》した台の上の駅弁を選び、ペットボトルではないお茶も添えた。そういう旅の思い出が味付けをしているせいか、行く先の宿やホテルに御馳走が待つ、と言われても駅弁が欲しい。通常の味の基準を超えたものである。列車の旅の計画を引き受けると、パソコンではなく、馴染《なじ》みのコンパス時刻表で、駅弁はどこで、と楽しい画策をする。計画の段階で既に美味しい。

（「あじくりげ」二〇一六年三月号）

好物ベスト３

時計の針は、正午をまわっていた。

「ただいま！　腹ぺこ、お昼まだだよ」

玄関から薫風が部屋を横切り、ぼんやり頬《ほお》づえをついた桐子の横の窓から抜けた。

「あら、それはよかった。じゃ、いっしょに食べましょう」

ポポワッと気持ちが弾む。

コーヒーにクッキーでもつまんで済まそうか、などと思っていた。

八人家族の中で育った桐子は、ひとりでの食事が味気なく苦手だ。嫁いで来た家には、義母と義妹がいて、すぐにふたりの息子が増えた。賑やかが好きだった。

長い長い時間が流れた。

義妹は嫁ぎ、長じた長男も下宿に移って、義母も逝った。そういえば、義母の逝った日は、三月半ばだったのに、朝から雪だった。


「さあ、できましたよ。

前夜のカツの残りが、丼《どんぶり》に化けた。待つ人を持っての台所は、気持ちが弾む。

「さあ、いただきましょ。いいわね、こういうの」

窓辺の桜草が笑って見える。

「何が？」

「何が、って、こうしてふたりで食事すること」

「そうかなあ、別に……」

「いいわよ。とてもいい。浪人バンザイ！」

「変な親。普通は浪人してると、母親はいやな顔をするのが相場だよ」

「いいのよ、普通でなくたって。あなたクラブ、クラブで夏休みも家に居なかったんだもの。こういう時間欲しかったの。いい子だ」

「やめてよ。世間じゃ浪人の息子はいい子じゃないんだから」

「そりゃそうだ。でも、人生そんなに急いでどこに行く、よ。どうせいつかは羽ばたいて行ってしまうんだもの。今だけの幸せ」

「ま、どうぞお好きに。でも『いやみなやつ』って思われるのがオチだから、他所《よそ》じゃ気をつけなよね」

「それはどうもご親切さま」

若者の食べぶりは忙しい。丼はすぐに空になる。

「ところで、あなたの好物はなに？」

「好きな食べ物ってこと？　うーん」

「ベスト3あげてみて」

「ベスト3、ね……」

「ねえ、なによ？」

「好きなものはたくさんあるけど、三つにしぼるのは難しいなあ」

「どうして？　好きな順にあげるだけよ」

「だって、横並び選考不可能だもの。上、中、下の部に分けるのどお？」

「？」

「おにぎり、これ、ほんと好きだよな」

「うん、わかるわかる。お弁当のご飯いつもおにぎりにってリクエストだったものね」

「でも、それを一番には出来ない。おすし、これ上ずしね。それにステーキ、すき焼きでしょ。おばあちゃんの好きだったうなぎもいい」

そういえば、最後の入院の前日、義母は残さずうなぎを食べた。

「ラーメンもお好み焼きも好きだなあ。ね、これを全部横並びで三つにしぼれないだろ」

「なるほど」

あれこれの末、結論が出た。

桐子の次男好物ベスト３
上の部　一位　ステーキ、レアーで

二位　上ずし　中でもトロ
三位　すき焼き
中の部　一位　うなぎ　丼もひつまぶしも可
二位　トンカツ
三位　ハンバーグ
下の部　一位　おにぎり　特に鮭《さけ》入り
二位　ラーメン　チャーシュー多く
三位　お好み焼き

桐子の思い出の中の、十五年も前の一コマ。

夫はまだ帰らない。今夜、あの息子は、連れ合いとの食事を、上、中、下のどこで折りあっているのだろう。

桐子は、頬づえをはずして、カレンダーを見る。

給料日の前だもの、上の部は無理ね。

苦労するわね、お嫁ちゃん。


〈「あじくりげ」〈ショート・ショート〉一九九九年五月号〉

あとがき

目の前にぽっかりと開いて、老いの入り口が待っていました。ゆるゆると身辺を眺め、あれこれと思いを巡らせ、心を遊ばせることのできるエリアです。喧噪の日が遠のいていきます。

「この後はおまけ。老い力が待っていますよ」

と、声にならない囁きに誘われました。

これまで書いてきた児童文学も、テーマを得て登場人物を自分で作り、その運命をわが手で創っていくのは醍醐味でした。そういう折りの背景にと観察をし、思い巡らしてきたことごとが、老いを迎えると色鮮やかに迫って、心遊ばせる好対象となってきました。日々のとるに足らないことながら、捨て去るには惜しく、通過させるにも惜しくなって、随筆にとどめる楽しさを得ました。

「お好きにお書きください」

という贅沢で、そういうつれづれの文章を名古屋市女性会の月刊新聞「女性なごや」に「暮らしをつむぐ」として綴り、連載は十三年を超えています。

平成二十三年の秋に、第一回からの百編を『待ちどき』に編みました。また時が流れ、

「続きはいつですか」

「そろそろ如何ですか」

と、優しい応援を得て、今回の六冊目の随筆集『明日も、たぶん元気』となりました。

『待ちどき』に続く六十編に、惜しまれて終刊を迎えた味を巡る月刊の小冊子「あじくりげ」に、十八年の間に掲載された二十四編、ご縁を得た俳誌「笠寺」掲載の七編を加えました。折り折りの文章なので、身辺の諸事情も大きく変化しています。

『時のとびら』を開けて、懐かしい日々を振り返ったのは、老い迎え、老いはじめでした。『えんどうの小舟』『花恋い』『ゆるやかな時間』と、老いのエリアに身を置いて、さまざまな身辺のことごとを綴った四冊の後、『待ちどき』を楽しむうちに、老いざかりとなりました。下り坂ながら、これまでには見えなかったこと、気付かなかったことにも出会う楽しみで書き続けてきました。

これまでとは趣の異なる表題ですが、「明日も、たぶん元気」は、ただ今の心境です。

ご縁と労をいただいた女性会の皆さま、支え続けてこの一冊を誕生させてくださいました山本直子様、今回も快く装画挿画をお引き受けくださいました大島國康様、その他応援くださったすべての方に御礼申し上げます。

「そうそう、そうなのです」

と、興を持っていただける文章があれば幸いです。

なお、「暮らしをつむぐ」は、工藤静華様の絵を添えて、連載は続いています。

平成二十八年秋

裕原喜久子

松原喜久子（まつばら　きくこ）

一九三八年、旧満州国撫順市に生まれる。子育てのなかで児童文学と出会い、自らの体験を昇華させた「ひみつシリーズ」を完成させる。

児童文学の作品に『鷹を夢見た少年』（文溪堂）、『おばあちゃんのひみつ』『おひなさまのひみつ』『あの海のひみつ』（ＫＴＣ中央出版）、『火縄銃と見た夢』（ゆいぽおと）。

随筆集に『時のとびら』『えんどうの小舟』『花恋い』（ＫＴＣ中央出版）、『ゆるやかな時間』『待ちどき』（ゆいぽおと）など。

日本ペンクラブ、中部児童文学会会員。

明日《あした》も、たぶん元気《げんき》

２０１６年11月13日　初版第１刷　発行

著　者　松原喜久子

発行者　ゆいぽおと
〒４６１‐０００１
名古屋市東区泉一丁目15‐23
電話　０５２（９５５）８０４６
ファクシミリ　０５２（９５５）８０４７
http://www.yuiport.co.jp/

発行所　ＫＴＣ中央出版
〒１１１‐００５１
東京都台東区蔵前二丁目14‐14

印刷・製本　モリモト印刷株式会社

内容に関するお問い合わせ、ご注文などは、すべて右記ゆいぽおとまでお願いします。

ISBN978-4-87758-460-3 C0095

ゆいぽおとでは、
ふつうの人が暮らしのなかで、
少し立ち止まって考えてみたくなることを大切にします。
テーマとなるのは、たとえば、いのち、自然、こども、歴史など。
長く読み継いでいってほしいこと、
いま残さなければ時代の谷間に消えていってしまうことを、
本というかたちをとおして読者に伝えていきます。